Identidades Ocultas

Yael Goldmann

Yael Goldmann 2024

The United States Copyright Office Registration

Dedicatoria:

A mi querido hijo Nimrod, estrella fugaz, (1985-2017), cuyo espíritu inquieto y pasión por la tecnología iluminaron nuestras vidas.
Esta obra es un homenaje a su brillantez y a nuestro amor.
Su fervor por la cibernética ilumina cada página de este libro

Disclaimer:

En este universo narrativo, donde la realidad y la ficción se entrelazan, los personajes y sus destinos son fruto de la imaginación. El cibercrimen, como telón de fondo, sirve de inspiración para explorar temas de identidad, poder y las sombras de la era digital. Las organizaciones mencionadas, aunque evoquen entidades reales, son construcciones literarias diseñadas para enriquecer la trama.

Capítulo 1

Laura mira el Río de la Plata desde la costa norte, apoyada en la Rambla de Montevideo, un paseo costero que se extiende a lo largo de gran parte de la ciudad, bordeando el río. Es un lugar muy popular para caminar, correr, andar en bicicleta y disfrutar de vistas panorámicas del río. También es muy frecuentado por madres azoradas, agotadas y dispuestas a todo para encontrar paz en sus vidas o para analizar un suicidio si sus hijos no dejan de llevarlas al borde de la desesperación con sus adolescencias efervescentes.

Laura Trend, de 39 años, es una madre viuda que hace diez años cría a sus dos hijos sola. Su marido murió en la cocina de la casa, después de correr 12 km y frente a sus hijos que estaban desayunando antes de ir al colegio. Un trauma que ha marcado la vida de todos y que diversos terapeutas han intentado superar, pero, a pesar de los años transcurridos, no lo han logrado totalmente, porque esos momentos permanecen en la memoria por el resto de la vida.

Laura se casó con Federico cuando tenía 21 años, al terminar ambos la universidad en Buenos Aires. Se conocieron mientras estudiaban la Licenciatura en Ciencias de la Computación y luego continuaron con una Maestría en Ciberseguridad. Mientras Federico siguió con una certificación como Gerente de Seguridad de la Información, Laura se certificó como CISSP (Profesional en Seguridad de Sistemas de Información) y CEH (Hacker Ético Certificado).

Ambos se convirtieron en un combo perfecto, complementándose en todos los temas de ciberseguridad. Fueron contratados juntos en una agencia gubernamental dedicada a la ciberdefensa y, ocho años más tarde, por una organización internacional que los llevó a vivir a Uruguay y a dedicarse de lleno a la lucha contra el cibercrimen, desarrollando experiencia en múltiples países y contextos.

Un año después de arribar a Uruguay, Laura quedó sola para criar a Samuel, de 6 años, y a Mila, de 4 años, junto con la responsabilidad de una actividad laboral comprometida y demandante. El dúo dinámico contra el cibercrimen quedó reducido a "la mujer maravilla", lo que representó una carga que le quitó y eliminó una parte importante de su vida: una actividad social regular y liberadora, apoyo y descanso merecido para sacar adelante a su familia. Su vida se convirtió en un horno que consumía todas sus energías y la abrazaba con obligaciones y responsabilidades.

Sin apoyo familiar y con muy poco tiempo en el nuevo país para desarrollar una vida social activa, lo único a lo que pudo atinar fue a organizar las normas de la vida doméstica y a comprometerse intensamente con el trabajo para rendir al máximo, cumpliendo con lo que sus jefes esperaban de su profesionalismo y conocimientos.

Cuando se mudaron a Montevideo, alquilaron un apartamento cerca del Shopping Mall en Punta Carretas, que los enamoró y que, con el paso de los años, terminaron comprando. Desde que llegaron, se cruzaban casi siempre con los mismos vecinos en el hall de entrada o en el ascensor, especialmente con Oriana Merlo, la propietaria del otro apartamento en el cuarto piso, con quien compartían el palier.

Laura es una mujer disciplinada, de figura atlética, que mantiene en forma a pesar de su apretada agenda. Su cabello largo, castaño oscuro, lo lleva generalmente recogido en una cola de caballo para mayor comodidad. Su rostro posee rasgos delicados y sus ojos marrones, que no son nada fríos a pesar de la determinación que reflejan, muestran inteligencia y dulzura. Las largas horas de trabajo y el estrés no han afectado su imagen; su piel conserva un brillo saludable, realzado por una rutina de cuidado constante. La organización y el orden han sido los motores que la ayudaron a progresar y triunfar, y eso es lo que exige de sus hijos, quienes le responden con resistencia.

Laura prefiere un estilo de vestimenta profesional y práctico, usando trajes de colores neutros que complementan su naturaleza seria y enfocada. Debido a sus viajes frecuentes, su guardarropa representa una composición y mezcla de todo lo combinable, lo que le permite centrarse en lo que realmente importa, en lugar de la ropa.

Es increíblemente determinada, lo que le ha permitido superar la pérdida de Federico y seguir avanzando en su carrera. Ha demostrado flexibilidad para recuperarse del fuerte golpe recibido, y esa característica le ha permitido enfrentar con valentía los desafíos personales y profesionales. Recibe, a nivel internacional, permanentes reconocimientos por su agudeza mental y habilidad para resolver problemas complejos, que la destacan en el ámbito de la ciberseguridad.

Su determinación por seguir adelante y cuidar de sus dos hijos la obligó a encontrar una fuerza interior que no sabía que tenía, convirtiéndola en una persona aún más resiliente y comprometida con su familia y su trabajo. Laura enfrenta el constante desafío de equilibrar su carrera y su vida familiar. A pesar de sus mejores esfuerzos, a menudo debe encarar los reclamos familiares de dos adolescentes con visiones egoístas de la realidad que les ha tocado vivir. Este conflicto interno es una fuente constante de estrés y preocupación para ella.

De noche, a solas con sus pensamientos, Laura se siente insegura acerca de la forma en que educa a sus hijos. La incertidumbre sobre lo que pueden reclamarle ambos adolescentes y la presión por lograr la seguridad económica para darles una vida cómoda se suman a su carga emocional. La angustia de enfrentar todo sola, sin compartir estos sentimientos con nadie, la consume lentamente. Vive escondiendo sus emociones más íntimas, pero, en el fondo, sabe que necesita el apoyo de otra persona. La necesidad de compartir su vida con alguien se hace cada vez más urgente; los años también pasan para ella y no puede seguir ignorando esta realidad.

Capítulo 2

Oriana, la vecina divorciada y solitaria del palier, se convirtió primeramente en residente solidaria con un grupo desmembrado. Luego, en una babysitter ocasional y, por último, en miembro de la familia y mejor amiga de Laura. Oriana supo enjugar las lágrimas de soledad y abandono, preparar la cena de los niños cuando Laura avisaba que no podía abandonar la investigación que ya estaba a punto de dar resultados y llevarlos al colegio cuando Laura había pasado toda la noche persiguiendo hackers maliciosos.

Oriana, una mujer cariñosa y empática, con un gran sentido del humor, no tuvo hijos propios, pero posee un instinto maternal muy desarrollado que le permite conectar fácilmente con los hijos de Laura. Es paciente y tiene una habilidad especial para escuchar y dar consejos. A pesar de su edad, Oriana tiene un espíritu joven y siempre está dispuesta a aprender cosas nuevas, lo que la mantiene activa y le permite conversar con Samuel y Mila sobre sus hobbies y pasiones, aunque los temas sean complejos de entender. La familia Trend es muy especial en su formación, pero, siendo Oriana una apasionada de la lectura, ha ingresado en el mundo de la tecnología con lecturas escritas para "bobos" que le permiten no sentirse excluida.

Además, la lectura y la cocina la ayudan a mantenerse serena y centrada.

Oriana es fundamental en la vida de Laura y sus hijos. Representa la figura de una madre y abuela que la familia perdió, ofreciendo amor incondicional, sabiduría y apoyo. Su presencia permite que Laura pueda enfocarse en su trabajo sin sentir que está descuidando a sus hijos. Oriana es la voz de la experiencia y la calma en medio de las tormentas de la vida, proporcionando estabilidad y cariño. Es fundamentalmente una roca junto a Laura para ayudarla a entender y sobrellevar la adolescencia de sus dos hijos, que la trastornan y la descolocan frente a la realidad.

Samuel, de 16 años, es un prodigio en inteligencia artificial y robótica. Brillante pero rebelde, cuestiona las decisiones de su madre y a menudo se enfrenta a ella reclamándole el abandono por sus constantes viajes. Mila, de 14 años, es un genio en programación y desarrollo de software, especialmente en aplicaciones de realidad aumentada y realidad virtual. Es más comprensiva que su hermano, pero también desea y reclama más tiempo con su madre.

—Oriana, ¿tienes idea de a qué hora regresa hoy mi mamá? —pregunta Samuel.

—Yo creo que tu mamá está enfrentando un grave problema en Singapur.

—¿Y cuándo no está enfrentando problemas? Siempre. Ojalá nos diera tanta importancia como les da a los problemas del trabajo.

—Sami, creo que estás siendo muy injusto. Si no fuera por el trabajo de tu mamá, no tendrías tu cuarto repleto de herramientas de precisión, una computadora de alto rendimiento y una impresora 3D, además de chips, sensores y todas esas porquerías que metes bajo la cama. Tienes 16 años y un cuarto que se asemeja, seguramente, a un laboratorio de Elon Musk. No puedes ser tan injusto. Tu mamá hace lo imposible para desarrollarte y convertirte en un ser exitoso, además del amor que te da. Tú y tu hermana lo único que le devuelven son críticas y reclamos. Yo que tú comenzaría por revisar tus actitudes y tomar conciencia de lo bueno que te da la vida a pesar de lo que te quitó.

—Oriana, tú siempre defiendes a mi mamá, así que jamás vas a entendernos. Para ti ella es perfecta y nosotros unos desagradecidos —replica Samuel con descontento.

—Sí, Sami, a pesar de lo que te quiero, es verdad, y algún día vas a darme la razón. Por ahora recoge la ropa y ponla en la lavadora. La cena ya está casi lista.

—Oriana, respóndeme, ¿cómo haríamos si tú no estuvieras aquí? —vuelve a preguntar Samuel con voz enojada.

—Sami, tienes 16 años, no eres un niñito inmaduro —Oriana sabe cómo usar las palabras con Samuel para centrarlo en la conversación. — Tu mamá se vio obligada, de repente, a buscar alternativas a ese camino tan claro y seguro que caminaba junto con tu papá. En un segundo, vuestras vidas cambiaron de rumbo y, en vez de sentarse a llorar desconsoladamente, tu mamá visualizó sus alternativas y reorientó su vida y las vuestras por donde pudo. Yo estaba ahí a disposición, y seguramente hubo otras opciones a las que podría haber recurrido si yo no hubiese estado. Podría haber contratado una niñera de agencia, una ayuda externa o haberlos enviado a un colegio interno. Piensa tú en alguna otra opción, observa las ventajas de cada una para ti y decide por cuál hubieses optado.

Oriana lo mira a los ojos, esperando su respuesta. Samuel calla y abandona la cocina.

Capítulo 3

Laura Trend, experta en cibercrimen internacional, se especializa en desmantelar redes de ciberdelincuencia que operan a nivel global, utilizando su profundo conocimiento en seguridad de la información y ciber inteligencia. Desde la organización donde ha escalado hasta los más altos peldaños, la Alianza Global para la Defensa Cibernética, o Global Cyber Defense Alliance (GCDA) como se conoce mundialmente, actúa para proteger la integridad de los sistemas informáticos, salvaguardar datos sensibles y prevenir ataques cibernéticos que puedan comprometer la seguridad global.

La estructura de la AGDC permite monitorear a nivel global actividades sospechosas en la web, utilizando sistemas de detección y análisis de amenazas, investigando incidentes ocurridos, identificando perpetradores y sus métodos, y desarrollando planes de respuesta rápida para mitigar los efectos de los ciberataques. Todo esto se realiza conjuntamente con otras agencias estatales o independientes. La colaboración internacional y el intercambio de información y recursos son fundamentales para el éxito de las operaciones.

Laura lidera varios equipos internacionales, cada uno especializado en un área específica de ciberseguridad, como criptografía, análisis de malware y seguridad de redes, y con expertos de diferentes nacionalidades. Laura es un valor reconocido para la organización por su capacidad para el pensamiento estratégico y desarrolla planes efectivos para combatir el cibercrimen, así como para desmantelar redes de ciberdelincuencia a nivel global. Todo eso gracias, entre otras cosas, a su capacidad para mantenerse calmada y enfocada bajo presión.

—Roberto, ven a observar este detalle —Laura, sentada frente a tres monitores ultra anchos de alta resolución, llama a su director de Operaciones Cibernéticas—. Mira estas anomalías en las transacciones financieras. ¿Cómo las llamarías? Observa que son transacciones inusuales, en grandes cantidades y realizadas en intervalos muy cortos de tiempo, todas dirigidas a paraísos fiscales.

Roberto Medina se apoya en su escritorio y estudia la pared principal donde se refleja la pantalla de Laura, con el cuerpo inclinado hacia adelante, revelando atención y dudas sobre lo que está observando.

—Mmmm, patrones irregulares, jefa, y pon atención al dato inferior. Hay también transacciones duplicadas. ¿Qué centro financiero es?

—Singapur. Alerta al departamento de operaciones para que detecten si hay aumento en las solicitudes de autenticación y si ven comportamientos anómalos en los sistemas de monitoreo.

Roberto se dirige hacia la siguiente oficina a poner una alerta en las operaciones mientras Laura contacta a su gente en Asia.

—Takeshi, buenas noches, disculpa que te moleste a esta hora. Sé que estas son tus horas de trabajo, en consonancia con nuestros horarios, pero cada vez que te llamo me parece que te estoy levantando de la cama. He emitido una alerta porque veo indicios de un ataque en Singapur.

Takeshi Nakamura es el director regional de la Alianza Global de Defensa Cibernética (AGDC) en Asia. Ubicado en Tokio, supervisa y coordina los equipos de ciberseguridad desplegados en toda Asia, asegurando una respuesta rápida y eficiente a las amenazas cibernéticas. Mantiene un monitoreo constante de las amenazas en la región, con un enfoque particular en infraestructuras críticas y redes financieras.

—Hola Laura, estaba a punto de llamarte porque también he estado observando actividades inusuales. Simplemente quería darme un poco más de tiempo para corroborar con mi gente aquí. En vista de tu llamado y tu sospecha, voy a mandar a realizar un análisis forense detallado de los sistemas para identificar la metodología del ataque y recopilar evidencia crítica. Ya pongo esta etapa en funcionamiento. ¿Cuáles son tus evaluaciones? ¿Qué dirías que está pasando? —Takeshi busca corroborar con Laura las posibilidades de un ataque al centro financiero.

—Estoy en eso, evaluando. Veo un tráfico de red elevado y no habitual hacia servidores externos desconocidos, lo que podría indicar una exfiltración de datos. Te sugeriría que contactes ya, inmediatamente, a la gente en Singapur, que pongas una alerta local y que pidas una revisión urgente para detectar un malware sofisticado que se haya filtrado sin despertar las alarmas.

—Así lo haré, Laura. Tal vez esta operación se extienda un poco porque los expertos ya no están presentes y tienen sus guardias.

—¡Despiértalos, Takeshi! Esta no es una alerta amarilla, es una alerta roja. ¿Cuándo crees que operan los ciberdelincuentes? En la oscuridad de la noche, cuando los expertos duermen.

—Así lo haré, y seguimos en contacto. En cuanto reciba el informe forense, te lo haré llegar sin demoras.

Capítulo 4

Las 10 de la mañana en Montevideo y la actividad ya es frenética en la oficina. Laura se acomoda en su silla de cuero negro, mirando los monitores que la rodean. La alerta en Singapur ha desencadenado una serie de investigaciones y ahora necesita confirmar sus sospechas con su colega en Berlín. La tensión en el aire es palpable.

Levanta los auriculares que están colgados de un soporte y se los ajusta. Laura necesita usar los que le proporcionan fidelidad de sonido y reducción de los ruidos externos, porque también los imperceptibles matices de la conversación le aportan información relevante. Ajusta sus auriculares y marca el número de contacto en la consola. La llamada se conecta inmediatamente; el pulso le late rápido.

—Hola, Derek. ¿Tienes un momento para conversar? —La voz de Laura es firme y denota una ligera urgencia.

Derek Bauer, el jefe de análisis de ciber amenazas para la región europea de la AGDC, contesta con su tono calmado, aunque Laura puede percibir un leve cambio en su ritmo respiratorio.

—Por supuesto, Laura. ¿Qué sucede?

—Estamos viendo algo inusual en Singapur. Transacciones

financieras masivas y anómalas, todas dirigidas a paraísos fiscales. Hay patrones irregulares y duplicados. Roberto y yo creemos que puede ser una exfiltración de datos —Laura pausa, esperando la reacción de Derek. La anticipación la consume; sabe que cada segundo cuenta.

—¿Has notado algún otro comportamiento anómalo? —La mente de Derek ya ha comenzado a procesar la información, su tono se vuelve más grave.

—Sí, Takeshi también ha observado actividades inusuales y está realizando un análisis forense detallado. Creemos que es un ataque bien coordinado, posiblemente para desestabilizar la economía regional. Estoy preocupada de que esto sea parte de algo mucho más grande, algo global —Laura se detiene y se toma unos momentos para reconsiderar lo que ha expresado, sintiendo el peso de sus palabras. La posibilidad de una crisis mundial empieza a apoderarse de su mente.

Derek la acompaña con murmullos de asentimiento, y ella siente que él acompaña su línea de pensamiento a través del silencio. La sensación de que ambos están a punto de descubrir algo monumental crece.

—Laura, hemos detectado patrones similares en nuestras redes europeas. Hasta ahora, no hemos podido conectar los puntos, pero lo que mencionas tiene sentido. Podría ser una red criminal global intentando controlar la economía a través de ataques cibernéticos —La voz de Derek ahora está teñida de una seriedad inusual.

—Exactamente. Y si están moviendo dinero de esta manera, podrían estar preparándose para algo mayor —Laura respira profundamente, organizando sus pensamientos. El nudo en su estómago se aprieta. — Necesitamos coordinar nuestras investigaciones. ¿Puedes compartir los detalles de las anomalías que han detectado?

—Claro, te enviaré los informes que tenemos. Hay una serie de transferencias inusuales que hemos rastreado hasta cuentas en Europa del Este —Derek comienza a escribir en su teclado. — También he estado en contacto con algunos colegas en Norteamérica. Ellos han visto picos de actividad similares.

—Derek, esto parece grande. Voy a consolidar la información que obtengamos y crear un mapa global con las actividades. Si esto es una conspiración desestabilizadora del orden mundial, necesitamos anticiparnos a sus próximos movimientos —La presión de la situación le hace sentir una oleada de adrenalina.

—Estoy contigo, Laura. Coordinaré con mi equipo para asegurar que toda la información fluya rápidamente. Esto podría ser el mayor desafío que hayamos enfrentado —La convicción en la voz de Derek es clara, y Laura siente un extraño alivio al saber que no está sola en esta batalla.

—Gracias, Derek. Mantengamos una línea de comunicación

abierta y actualicémonos constantemente. Estoy informando a Takeshi para que haga lo mismo en Asia —Laura siente que las piezas comienzan a encajar—. Recuerda que, si perciben nuestra actividad, van a detenerse por un tiempo.

—Absolutamente, Laura. Esta alerta no es un error. Vamos a estar pendientes —Derek cierra la conexión.

Laura observa sus monitores, viendo los datos fluir. Los gráficos y números cuentan una historia preocupante. Su teléfono suena de nuevo. Takeshi.

—Laura, he despertado a mi equipo y están en ello. Ya tenemos algunos indicios de un malware[1] sofisticado. Te enviaré los detalles en breve —Takeshi suena tan enfocado como siempre.

—Perfecto, Takeshi. Derek también ha confirmado patrones similares en Europa. Estamos enfrentando una amenaza global —Laura explica brevemente la situación, sintiendo cómo la gravedad del problema se intensifica.

—Esto va a requerir toda nuestra fuerza y coordinación. Mantengámonos en contacto y compartamos cada hallazgo —Takeshi responde comprometido, reflejando la voluntad de Laura.

---

[1] Malware es software malicioso creado para infiltrarse en sistemas, causar daño o robar información sin el conocimiento del usuario

—Así lo haremos. Gracias, Takeshi. Recuerda que, aunque se replieguen, están jugando a que no los descubramos. Estamos todos pendientes de estas señales —Laura finaliza la llamada, tomando un momento para respirar profundamente.

Se levanta de su silla y mira por la ventana. La ciudad sigue su vida, ajena a la batalla cibernética que se libra en las sombras. En la calle se siguen peleando por las pequeñas cosas mientras en el ciberespacio los delincuentes buscan el control de las grandes cosas. El contraste entre la tranquilidad de la ciudad y la tormenta digital que se avecina la sobrecoge. Otra guerra ha comenzado, y como siempre, Laura alista a sus fuerzas para enfrentarla.

Capítulo 5

Laura se recuesta en su asiento y observa su entorno, tratando de relajarse. Su oficina se halla ubicada en uno de los pisos superiores del edificio donde la Alianza Global para la Defensa Cibernética tiene su sede en Uruguay. Gira su asiento para observar el cielo a través de los grandes ventanales que cubren la zona norte y este de su recinto.

El ambiente es sobrio y profesional, y la decoración minimalista opera muy bien para una sala de trabajo llena de monitores, teclados y todos los elementos tecnológicos necesarios para la funcionalidad de las operaciones. Las paredes están pintadas en tonos neutros, complementadas con toques de azul y verde que añaden una sensación de calma y enfoque. Laura busca recuperar la serenidad después de este comienzo del día tan abrupto.

Suena nuevamente su teléfono y responde sin mirar el emisor, esperando escuchar la voz de sus pares. La sorprende una voz grave y sensual, tan erótica que se le aflojan las piernas. Comienza a derretirse desde su centro de placer y su imaginación vuela a las sensaciones de un cuerpo envolvente y cálido que la llena de gozo y deleite.

—Laura. —La voz de Greg se desliza suavemente a través del auricular.

—Greg... —responde ella, su voz apenas un susurro mientras su mente empieza a viajar lejos de la oficina.

—¿Estás muy ocupada? —pregunta él, con una sonrisa perceptible en su tono.

—Siempre, pero ahora tengo un momento para ti, y tal vez era exactamente lo que estaba necesitando. —Laura cierra los ojos, dejándose llevar por la presencia reconfortante y familiar de su amante.

—Desearía estar ahí contigo —dice Greg—. Poder tocarte, abrazarte... —Su voz baja un tono, volviéndose aún más íntima—. Hacerte olvidar todo el estrés del día.

Laura siente que su respiración se acelera ligeramente. Greg tiene esa habilidad, ese poder de hacerla sentir deseada y segura al mismo tiempo, aunque estén a miles de kilómetros de distancia.

—Yo también lo deseo. —Su voz tiembla ligeramente—. Necesito verte, sentirte cerca. Estas llamadas me ayudan, pero no es lo mismo.

—Lo sé, mi amor. Pero mientras tanto, podemos soñar juntos, ¿no? —La voz de Greg se vuelve más suave, casi un murmullo—. Cierra los ojos y déjate llevar por mi voz. Imagina que estoy a tu lado, susurrándote al oído, acariciando tu cuello...

Laura obedece, dejando que las palabras de Greg pinten imágenes vívidas en su mente. Siente su calor, su aliento contra su piel, y su cuerpo responde con una necesidad creciente.

—Te extraño tanto —dice ella, con una mezcla de anhelo y tristeza.

—Y yo a ti. Pero pronto estaremos juntos. Y cuando eso pase, no habrá nada que nos separe. —Greg hace una pausa, como si también estuviera visualizando ese momento. —Hasta entonces, mi voz y tus sueños serán nuestro refugio.

Laura sonríe, sintiendo una mezcla de esperanza y deseo. La conexión que tienen es poderosa, incluso a la distancia.

—Te extraño, te amo, Greg. Gracias por ser mi refugio.

—Te extraño y te amo más, Laura. Cuéntame, ¿qué es lo que te angustia en este momento? Déjame que te ayude a relajarte.

Laura se incorpora, se coloca los audífonos portátiles, camina apresurada con el celular pegado a su pecho, se encierra en el baño, tranca la puerta y se recuesta sobre el tocador.

—Sé que necesitaríamos estar más tiempo juntos, todo el tiempo juntos y que nada ni nadie separe nuestros cuerpos ardientes mientras buscamos el placer. Quisiera tenerte en mis brazos y recorrer con mi lengua cada uno de los espacios sensibles de tu cuerpo, lamer tu cuello y ese espacio sensual junto a tu oreja, ese hueco que me apasiona y a ti te hace temblar. Bajar suavemente por el valle de tus senos y envolver con mi lengua tus pezones. Me gusta imaginarte tocándote, yo sé que estás viajando con tu mano hacia mi lugar preferido y estás metiendo tus dedos en nuestra cueva de placer. Sigue, Laura, sigue dándote placer mientras yo beso tus pezones erguidos y froto mi miembro, que está desesperado por tus besos y tus caricias. Sigue, Laura, sigue dándote placer, que yo te sostengo y te animo para que juntos lleguemos a nuestro clímax, que es lo mejor que podemos tener en este momento.

Laura cierra los ojos, su respiración se acelera mientras la voz de Greg la guía. Su mano se desliza por su cuerpo, recreando cada caricia y beso que él describe. Siente el calor y la humedad en su interior, imaginando que es Greg quien la toca, quien la explora con una pasión que solo ellos conocen.

—Greg, te siento tan cerca —jadea ella, su voz entrecortada por la creciente intensidad del placer.

—Estoy contigo, Laura, en cada gemido, en cada suspiro. Quiero que sientas mi amor, mi deseo, aunque estemos lejos. Quiero que cada toque, cada caricia te lleve más y más cerca de mí.

Laura siente su cuerpo tensarse, su mente pierde toda noción del entorno, centrada únicamente en la voz de Greg y en el placer que crece dentro de ella. Sus gemidos se vuelven más fuertes, más desesperados, mientras imagina a Greg tocándola, besándola, llevándola al límite.

—Estoy tan cerca, Greg. —Su voz es un susurro cargado de anticipación.

—Sí, Laura, sí. Déjate llevar, deja que el placer nos una, que nuestros cuerpos se encuentren en esta ola de pasión. Estoy contigo, amor, en cada segundo, en cada sensación.

Laura se arquea, su cuerpo sacudido por oleadas de placer. Grita susurrando el nombre de Greg, sintiendo el clímax arrastrarla a un estado de éxtasis puro. En su mente, es Greg quien la sostiene, quien la besa, quien la ama con una intensidad que trasciende la distancia.

—Te amo, Greg, te amo tanto. —Su voz es apenas un susurro mientras recupera el aliento.

—Y yo a ti, Laura. Siempre. Cuídate y recuerda que siempre estoy contigo, en cada pensamiento, en cada suspiro. —La voz de Greg es suave, tierna, envolviéndola en un abrazo emocional que la hace sentir segura, a pesar de la distancia.

Laura se queda un momento más en el baño, recuperando la calma y la serenidad que solo Greg puede darle. La sensación de calidez y cercanía permanece con ella, envolviéndola como un manto protector. Mientras sus latidos vuelven a un ritmo más pausado, Laura deja que la madera fría contraste con el calor que aún arde en su piel.

Los pensamientos de Greg y sus palabras crean un remanso de paz en medio del caos cotidiano. Respira profundamente, llenando sus pulmones. Laura cierra los ojos, permitiéndose unos minutos más en este oasis de tranquilidad. Las imágenes de Greg, sus sonrisas y miradas, desfilan ante sus párpados cerrados, ofreciéndole una conexión intangible pero poderosa. Su amor es un vínculo inquebrantable que la sostiene.

Finalmente, Laura se decide a salir; su cuerpo y su mente han alcanzado un equilibrio renovado. Se mira en el espejo, notando un brillo diferente en sus ojos. Greg le da más que amor; le da una razón para encontrar la tranquilidad en medio del torbellino de su vida diaria.

Con una última respiración profunda, Laura se dirige de nuevo a su escritorio. El ruido de la oficina, antes ensordecedor, ahora le parece un murmullo lejano, incapaz de perturbar su recién hallada serenidad. Se alista para enfrentar las tareas pendientes, con una renovada confianza y paz interna. Greg está con ella, en cada pensamiento, en cada suspiro, y eso es todo lo que necesita para seguir adelante.

Capítulo 6

Gregory "Greg" Alexander Whitmore tiene 45 años y es fundador y CEO de una exitosa empresa tecnológica dedicada al desarrollo de inteligencia artificial y aprendizaje automático. Su empresa crea sistemas y aplicaciones que pueden aprender de los datos, mejorar con el tiempo y realizar tareas complejas que tradicionalmente realizaba la inteligencia humana.

Greg, con su cabello castaño claro salpicado de canas en las sienes y unos ojos que cambian de verde musgo a ámbar dependiendo de la luz, refleja tanto la estabilidad como la imprevisibilidad del clima londinense. Su sonrisa, cálida y amigable, es su arma secreta en el mundo de los negocios, capaz de cerrar acuerdos en tiempo récord y volverlo irresistible, dejando una impresión duradera en todos los que lo conocen. Es alto y de complexión atlética, y el ejercicio regular es parte del cuidado de su salud.

Greg es carismático, inteligente y profundamente dedicado a su familia. Su capacidad innata para resolver problemas y su mente estratégica lo han llevado al éxito en su carrera. Es empático y sabe cómo comunicarse efectivamente, tanto en su vida personal como profesional. La pérdida de su esposa lo ha hecho más fuerte y protector, especialmente con sus hijos, Sophia de

13 años y James de 16. Sus negocios le ocupan gran parte de sus pensamientos, y la responsabilidad de dos hijos adolescentes no se queda atrás. A pesar de contar con toda la ayuda necesaria para facilitar sus diversos roles, muy pocas veces deja que sus hijos cenen solos. Desde que el cáncer los convirtió en una familia monoparental hace 8 años, su rutina ha sido realizar las reuniones de negocios durante el almuerzo y cumplir con las obligaciones sociales después de la cena.

Cuando su hijo James tenía 9 años, comenzó a recibir mensajes de un hombre que se hacía pasar por un niño. Al principio, los mensajes parecían inocentes, pero pronto se volvieron más inquietantes, pidiéndole a James que se tomara fotos, primero vestido y luego desnudo. James, asustado y confundido, no le contó nada a nadie, tratando de manejar la situación por sí mismo.

Greg, que trata de cuidar las actividades de sus hijos en internet, revisa un día los movimientos de James en internet y descubre los mensajes perturbadores. Su primera reacción mientras lee es una furia violenta; siente su cabeza a punto de estallar y sus puños amenazan con destrozar la pantalla. Respira profundamente para calmarse paulatinamente, hablándose a sí mismo para recuperar la calma y la moderación. No es sencillo alcanzar nuevamente el aplomo perdido. Antes de hablar con James, se conecta con la terapeuta que trató a la familia después de la muerte de Emily. La psicóloga le refuerza las ideas que Greg tiene sobre cómo sería la forma adecuada de actuar; sin embargo, no puede dejar de sentirse atrapado en una tormenta emocional. Ante todo, lo invade el miedo, una oleada de pánico paralizante ante la amenaza que ha acechado tan cerca de su hogar. Luego, la rabia se apodera de él, una furia intensa hacia el depredador y una frustración dirigida hacia sí mismo por no haber anticipado el peligro. La culpa lo sigue de cerca, una sensación desgarradora de responsabilidad y fracaso como padre. La confusión y la ansiedad se mezclan en su mente, creando un torbellino de pensamientos caóticos sobre qué hacer y cómo proteger a su hijo. La tristeza le pesa en el corazón, un dolor profundo por la inocencia amenazada de su pequeño. A medida que la desconfianza se arraiga en su percepción del mundo digital, Greg comprende que necesitará toda la fuerza y el apoyo posibles para enfrentar esta nueva y aterradora realidad.

Greg se sienta con James y, con calma y empatía, lo anima a hablar sobre lo que ha pasado. James, sintiéndose seguro con su padre, le cuenta todo lo que hizo y lo que sintió mientras cumplía con los pedidos del niño (adulto). No fue una tarea sencilla para Greg explicarle a su hijo de tan solo 9 años muchas de las realidades feas de la vida, de las que él había tratado de protegerlo y que en este caso habían llegado a través de "su pantalla amiga".

Preocupado por la seguridad de su hijo y con la férrea determinación de lograr que el perpetrador sea descubierto, detenido y encarcelado, Greg contacta a Scotland Yard, donde se reciben casi 300 mil denuncias anuales sobre abuso sexual infantil en línea. Greg sabe positivamente que es imposible para las agencias de seguridad afrontar exitosamente las innumerables denuncias, por lo que decide en su caso contactar a la Alianza Global para la Defensa Cibernética (AGDC) y contratarlos para resolver este caso.

Laura Trend, una experta en cibercrimen internacional, justamente está en Londres en una visita periódica para reuniones con socios y clientes. El director de la oficina de Londres, Francisco Ramírez Cuello, que a su vez es el director ejecutivo global de la Alianza Global para la Defensa Cibernética, habla con Laura y le pide como favor personal que asista a una reunión con Greg para evaluar la situación.

Paddington Basin, una vibrante área en el corazón de Londres, se ha convertido en un centro tecnológico en los últimos años, albergando a numerosas empresas innovadoras que lideran en campos como la inteligencia artificial y el control cibernético. Este animado enclave, con su mezcla de modernas oficinas de cristal y espacios verdes a lo largo del canal, irradia un aire de productividad y creatividad. Entre los edificios de oficinas y los canales serpenteantes se encuentra el Smith's Bar & Grill, un lugar acogedor y versátil, conocido por ser un punto de encuentro tanto para reuniones profesionales como para encuentros más personales. El Smith's está estratégicamente situado a orillas del canal, ofreciendo a sus visitantes unas vistas tranquilas del agua y los botes que pasan lentamente.

Al entrar, el ambiente es cálido y elegante, con una decoración que mezcla lo moderno y lo rústico. Las paredes de ladrillo expuesto y las vigas de madera crean una atmósfera acogedora, mientras que las amplias ventanas permiten la entrada de abundante luz natural, iluminando los detalles de las mesas de madera pulida y las sillas tapizadas en cuero oscuro.

Los aromas tentadores de platos recién preparados llenan el aire, desde clásicos británicos con un toque moderno hasta opciones internacionales que reflejan la diversidad cultural de Londres. El bar, ubicado al fondo del local, ofrece una selección impresionante de vinos, cervezas artesanales y cócteles ingeniosamente preparados, convirtiéndolo en un lugar perfecto para relajarse después de una jornada de trabajo.

Greg y Laura eligen este lugar no solo por su proximidad a sus oficinas en Paddington Basin, sino también por el ambiente tranquilo y profesional que proporciona, ideal para una conversación seria pero cómoda. Laura llega temprano, sabiendo que la puntualidad inglesa va a estar presente, y la acomodan de acuerdo con la reservación. Greg se acerca a la mesa con una sonrisa que ilumina su rostro. Laura levanta la vista y sus miradas se encuentran. Un momento suspendido en el tiempo, una chispa de reconocimiento que trasciende lo profesional. Los ojos de Greg, cálidos y profundos, parecen reflejar la misma mezcla de curiosidad y admiración que Laura siente en ese instante.

—¿Laura?

—Sí —y extiende la mano—. Encantada.

Sentados junto a una ventana con vistas al canal, la mezcla de la vida urbana y la tranquilidad del agua crean el entorno perfecto para discutir los importantes asuntos que los reunieron allí.

—Laura, gracias por encontrarte conmigo aquí —dice Greg, tomando asiento.
—Greg, es un placer —responde ella con una sonrisa que alcanza sus ojos, llenos de comprensión y empatía.

Laura, profesional y deferente, escucha con suma atención el relato de Greg. Mientras él describe lo que ha pasado, Laura en su interior hierve de rabia, pensando en el pobre niño y en su Samuel, de la misma edad, que también podría caer en una red similar. Su atención y comprensión le da a Greg una sensación de seguridad y esperanza.

Durante su conversación, Greg y Laura descubren una conexión más allá de la profesional. A Laura le parece admirable cómo Greg maneja la situación con su hijo, controlando sus emociones naturales de rabia y furia, y mostrando fundamentalmente su fuerza, comprensión y ternura.

—Te felicito, Greg, por la forma en que reaccionaste. No puedo imaginar lo difícil que debe haber sido para ti —comenta Laura, tocando brevemente su mano sobre la mesa, un impulso sorpresivo, lleno de significado y que la deja levemente azorada.

Una calidez inesperada recorre el cuerpo de Greg al percibir el roce de su mano, una sensación que lo conmueve hasta lo más profundo. A lo largo de los años, ha conocido a innumerables personas, pero ninguna logró tocar su alma de una manera tan inmediata y profunda. La personalidad vibrante de Laura, su pasión contagiosa por su trabajo, su inteligencia arrolladora y su calidez humana lo dejan completamente cautivado. Es como si una chispa se hubiera encendido en su interior, iluminando un mundo de emociones y sentimientos que hace mucho dejó de experimentar. A medida que la conversación fluye, el ambiente del Smith's Bar & Grill parece desvanecerse, dejándolos a ellos dos en una burbuja de conexión y entendimiento. La profesionalidad se mezcla con algo más profundo, una corriente de atracción y respeto que va más allá de las palabras.

Cuando la comida llega, el barullo del restaurante se convierte en un suave murmullo de fondo. Hablan de sus vidas, de sus hijos, de sus esperanzas y miedos. Laura comparte anécdotas de su hijo Samuel, de la misma edad que James, y Greg se siente aún más cercano a ella, como si hubieran estado destinados a encontrarse.

Al final de la reunión, cuando se levantan para abandonar el lugar, Greg siente que algo ha cambiado irrevocablemente. Laura también lo percibe. Una nueva fase se presenta en sus vidas, una que promete no solo cooperación profesional, sino una conexión emocional profunda.

—Gracias por todo, Laura —dice Greg con voz suave y mucho sentimiento en la expresión—. No solo por tu ayuda con el caso, sino por... todo.
Laura asiente, sus ojos brillando con una emoción que no necesita palabras.

Salen del Smith's Bar & Grill diferentes. Sus vidas, aunque complicadas y llenas de responsabilidades, han descubierto un punto de encuentro. Mientras caminan por el canal, sus manos se rozan por un instante, y en ese simple contacto que los electriza comprenden que hay algo más para ellos.

Después de esa reunión, Laura se aboca a encontrar al pedófilo y sus contactos. Trabaja intensamente para rastrear y hacer que las fuerzas de seguridad detengan al hombre que acosó a

James. Lo logra, así como a toda una red que maneja miles de conexiones con un rentable negocio por internet.

Greg y Laura mantienen el contacto, inicialmente discutiendo el caso y luego, con el tiempo, compartiendo más sobre sus vidas personales. La relación evoluciona desde el respeto y la admiración profesional a una conexión emocional profunda. A medida que se conocen mejor, ambos encuentran un hogar cálido en los brazos del otro.

Laura viaja más seguido a Londres o, cuando debe ir a otro lado, realiza una parada obligada en el Reino Unido. Greg visita varias veces a Laura en Montevideo, pero jamás se encuentran con sus hijos.

Después de siete años de una relación amorosa a la distancia, deciden que ha llegado el momento de blanquear su relación y que sus hijos se conozcan y se relacionen con la pareja de sus padres. Ahora deben acordar el momento oportuno. Ambos saben que pronto llegará el momento de la verdad para todos. Quieren ensamblar a la familia porque ya no pueden vivir más separados.

Capítulo 7

Como sucede frecuentemente, los criminales cibernéticos aparecen, dan un golpe y se retiran por un cierto tiempo, tratando de borrar huellas o de observar cómo reaccionan los policías cibernéticos. Adoptan tácticas de "golpear y huir": realizan un ataque, roban datos o causan daño, y luego desaparecen temporalmente para evitar ser detectados y rastreados por las autoridades. Durante este período, los ciberdelincuentes pueden intentar borrar sus huellas y monitorear la reacción de las fuerzas de seguridad cibernética y de las organizaciones afectadas. Este tiempo les permite evaluar si sus métodos fueron detectados y preparar futuros ataques con mayor planificación y cautela, analizando dónde han fallado y dónde no han sido detectados. Es el permanente juego del gato y el ratón en otra dimensión.

Laura quiere llegar temprano a casa para mantener una conversación seria con sus hijos. Ha llegado la hora de enfrentar la realidad y levantar el telón sobre una parte de su vida que ha estado oculta y en las sombras. Después de su sesión de [2]"sexting", decidió que ya no puede esperar más y necesita

---

[2] Sexting es el envío de mensajes, fotos o videos de contenido sexual a través de dispositivos electrónicos.

blanquear su relación con Greg y que los seis sean parte de esta relación. También debe preparar el camino para continuar todos juntos en Londres, lo lógico y normal, ya que Laura puede trabajar desde cualquier parte del mundo.

—Buenas tardes, familia Trend, ¿por dónde andan ustedes? —Nadie contesta y ya tendrían que haber vuelto del colegio—. ¿Samuel, Mila? —No hay respuesta.

Laura sale del apartamento y toca la puerta de Oriana.

—Laura, ¿qué haces tan temprano en casa?

—¿Tienes café? Dame un café rico y te voy a contar qué hago tan temprano en casa.

Oriana la observa sonriente, presintiendo que el gran día ha llegado, ese día que ella le ha estado rogando que lo produzca, que lo descubra, que lo blanquee. Laura le sonríe.

—Sí, hoy me he dado cuenta de que ya ha pasado demasiado tiempo y no quiero esperar más, necesito levantar las cortinas y que salga el sol sobre mi vida.

—¿Qué te pasó hoy?

—Greg me llamó a media mañana. Después de enfrentarme a un gran incendio internacional, todo lo que yo quería eran sus brazos y que me ayudara a calmarme. No puedo ya tenerlo lejos, lo necesito cerca, a mi lado. Los años se me pasan y sigo yéndome a dormir sola. ¿Qué estoy esperando? Una parte de mi vida está vacía e incompleta. —Oriana, necesito contarles a mis hijos sobre Greg. Necesito que sepan cuánto significa para mí y cómo quiero que sea parte de nuestras vidas. Ellos tienen derecho a saber y a entender por qué quiero que todos nos mudemos a Londres.

Oriana asiente con comprensión y le ofrece una taza de café.

—Estoy aquí para apoyarte, Laura. Los chicos son inteligentes y estoy segura de que, aunque al principio les cueste, entenderán tu decisión. Además, Londres podría ofrecerles tantas oportunidades nuevas.

—Lo sé —responde Laura, tomando un sorbo de café—. Pero también sé que va a ser un gran cambio para ellos. Han pasado por mucho desde la muerte de Federico y no quiero que sientan que estoy tratando de reemplazarlo. Pero Greg... Greg es alguien especial. Y creo que puede aportar algo positivo a nuestras vidas. Tú lo viste, y con apenas unos minutos te diste cuenta de lo bueno que es para mí y de lo bueno que va a ser para todos.

—Samuel y Mila son fuertes, Laura. Y tienen una gran madre que siempre ha sabido guiarlos. Solo tienes que ser honesta con ellos y darles tiempo para procesar todo. Tal vez lo primero que van a hacer es un berrinche, para manipularte, pero luego van a quedarse solos con sus pensamientos y entenderán todo lo bueno que el cambio va a traerles.

Laura asiente, sintiendo una mezcla de nervios y esperanza.

—Gracias, Oriana. Tu apoyo significa mucho para mí. De verdad.

—Escucho ruidos en el palier, creo que llegaron tus amores y tus tormentos. Tus adolescentes no son fáciles, así que toma aire, toma fuerzas y ¡adelante!

—¡Luego te cuento! —Laura sale disparada hacia su apartamento. —Hola, hola, hoy quise sorprenderlos temprano, pero ustedes se retrasaron así que me fui a tomar café con Oriana. ¿Cómo les fue? ¿Cómo estuvo el día de hoy?

Samuel deja su morral tirado junto a la puerta y Mila un poco más adelante. Laura aprieta los dientes y trata de dejarlo pasar para no comenzar mal la conversación que tanto anhela tener; sin embargo, no puede dejar pasar una norma que no respetan.

—Ante todo, los morrales a los cuartos, ¡no quiero verlos aquí!

—Bueno, bueno, ya va, ya va.

—Samuel, bueno, nada, tú sabes que no me agrada cuando llegas y dejas tu morral botado en la entrada.

—Ok, madre, entendí, voy a tomar agua y ya lo saco.

—¿Y por qué no a la inversa?

—Porque tengo mucha sed y después me voy al cuarto y me quedo ahí.

—No, no, yo quiero tener una charla con ustedes, tengo algo para conversar.

—¿Cuándo te vas? —Samuel la mira interrogante.

—¿A dónde viajas? —se suma Mila, que regresa a la sala.

—Mila, para ti también va el tema del morral. No me gusta que lo dejen en la entrada. No voy a ningún lado, ¿solo cuando viajo es que hablo con ustedes?

—No —responde Mila—, pero como haces un pedido tan formal parece algo muy importante, como de nuevo irte de viaje.

—Vengan a la cocina, mientras preparo algo para comer voy a contarles algo que hace tiempo quise participarles y creo que llegó el momento.

—¿Tiene algo que ver con tu amigo Greg? —Mila la mira de forma sospechosa. Laura tiene razón cuando dice que Mila es muy intuitiva y la tiene bien estudiada.

—Sí, es sobre Greg. —Los ojos de Samuel y Mila se agrandan. Laura se sienta frente a ellos, en la isla en medio de la cocina, sintiendo el peso del momento. —Greg y yo hemos estado viéndonos durante un tiempo, muchos años, realmente, y....

bueno, nos hemos enamorado. Sé que esto puede ser un shock para ustedes, pero quiero que sepan que él es una persona maravillosa que me hace muy feliz. Y quiero que sea parte de nuestras vidas.

—¿Qué significa que sea parte de nuestras vidas? —pregunta Samuel con la cara roja—. ¿No estamos bien así?

—No, Samuel, no estoy bien así. —Laura toma aire, buscando las palabras adecuadas—. Así como ustedes disfrutan con un amigo más cercano, una novia, un novio, y se sienten bien en esa relación, yo no soy diferente. Yo también necesito a alguien a mi lado para compartir. Greg me ha traído mucha felicidad y quiero compartir eso con ustedes. —Laura se esfuerza por mantener la calma mientras los ojos de sus hijos la observan con una mezcla de incredulidad y preocupación. — Durante diez años he sido su madre y su padre. He dedicado todo mi tiempo y energía a ustedes dos, y los amo más de lo que puedo expresar. Pero también necesito pensar en mí misma y en mi propia felicidad. Greg me hace feliz, y quiero que lo conozcan y lo acepten.

—¿Y qué pasa con papá? —pregunta Mila con voz temblorosa—. ¿No lo estás olvidando?

—Uno no olvida a las personas queridas que mueren. Hay un lugar en el corazón donde uno guarda los recuerdos y también el dolor de haberlos perdido. El amor no es excluyente; no porque amo a Samuel te amo menos a ti. No porque amo a Greg voy a dejar de amar u olvidar a tu papá, Mila. Él siempre será una parte importante de nuestras vidas y está en mi corazón todos los días. Pero también es importante seguir adelante y buscar nuestra felicidad. Greg no está aquí para reemplazar a vuestro papá, sino para ser una nueva fuente de amor y apoyo para todos nosotros.

Samuel cruza los brazos, aún con el ceño fruncido.

—¿Y cómo sabemos que él es tan maravilloso como dices? —interviene Mila, cruzando los brazos con una expresión de desconfianza.

—Porque lo conozco mejor que nadie, ¿no crees? Además, no estaría con alguien que no fuera bueno para mí y para ustedes... —Laura responde, tratando de mantener la calma.

—¿Y quién dice que será bueno para nosotros? —Samuel agrega, con tono desafiante.

—Ante todo, yo soy vuestra madre y no dejo de serlo porque alguien se incorpora al grupo familiar. Para que algo sea bueno para mí, no puede ser perjudicial para ustedes. Nosotros somos una estructura familiar y para que yo sea feliz tengo que verlos a ustedes felices; por eso sé positivamente que Greg va a ser bueno para todos. —Laura responde con firmeza, aunque su voz tiembla un poco.

Samuel y Mila intercambian miradas dubitativas, no aceptan de buen talante esta revelación. Laura les da un momento para procesar antes de continuar.

—Entiendo que esto pueda ser abrumador para ustedes. Durante mucho tiempo hemos sido solo nosotros tres, y el hecho de que haya alguien más en nuestras vidas puede ser difícil de aceptar. Pero quiero que sepan que Greg no está aquí para reemplazar a su padre. Él es simplemente otra persona que me importa mucho, y espero que con el tiempo puedan darle la oportunidad de conocernos a todos mejor.

Mila frunce el ceño, visiblemente molesta.

—Pero mamá, ¿por qué ahora? ¿Por qué no nos dijiste antes?

—Porque no estaba segura de cómo iban a reaccionar ustedes. He estado tratando de protegerlos y de mantener las cosas lo más normal posible, pero me di cuenta de que no puedo seguir escondiendo esta parte de mi vida. Es hora de que sepan la verdad y de que podamos hablar abiertamente sobre cómo esto afectará a nuestra familia.

Samuel se levanta bruscamente de su asiento.

—No puedo creer que hayas estado viendo a este tipo todo este tiempo y nunca nos hayas dicho nada. ¿Qué más nos has estado ocultando?

—Samuel, por favor, cálmate. Ante todo, no es ningún tipo, es un hombre cabal, un señor que amo y respeto. No lo comenté porque quise que fuesen un poco más maduros para aceptar los cambios, pero creo que me equivoqué. Todo lo que he hecho ha sido por ustedes dos, para protegerlos y asegurarme de que estén bien. Necesito que confíen en mí y que acepten este cambio en nuestras vidas. Yo no quiero seguir sola o con un novio a la distancia. Desde hace diez años solo pienso en ustedes; esta vez voy a pensar en mí.

Mila se levanta, con los ojos llenos de lágrimas.

—No puedo creer que estés haciendo esto, mamá. Todo este tiempo has sido solo para nosotros, y ahora nos estás echando a un lado por este tipo.

Laura se siente abrumada por la avalancha de emociones que está enfrentando. Intenta mantener la compostura mientras sus hijos expresan su dolor y confusión. Esta transición no será fácil, pero está decidida. Espera que eventualmente puedan aceptar a Greg y permitirle ser parte de sus vidas. La próxima conversación vendrá con los planes de mudanza y los hijos de Greg.

Capítulo 8

"Greg, espero que estés durmiendo plácidamente. Yo no puedo; mi mente está llena de pensamientos después de la conversación que acabo de tener con mis chicos. La tantas veces postergada conversación. No me preguntes cómo me fue porque ya sabes cómo puede ir con adolescentes. Lo importante es que ya puse casi todo sobre la mesa. Todavía me faltan dos cosas importantes que no podía abordar en la misma conversación: la mudanza y los niños. Les expliqué sobre nosotros y lo importante que eres para mí. Aunque estaban sorprendidos, creo que empezaron a entenderlo. Pero la idea de mudarnos a Londres y cómo se integrarán nuestros cuatro retoños es un tema delicado que quiero manejar con mucho cuidado. Estoy pensando en hablar con ellos de nuevo mañana, después de que hayan digerido la primera parte de la historia: 'nuestra mamá ama a un hombre que no es nuestro papá'. Te extraño cada día más. Todo esto sería más fácil si estuvieras aquí a mi lado. Sé que lo que nos espera no es sencillo. Espero abrazarte pronto y que podamos empezar esta nueva etapa juntos, como una familia."

Laura envía el mensaje y se conecta a su red para observar si algo nuevo ha sucedido después de los movimientos en Singapur. Todo está quieto y tranquilo, nada para estar totalmente relajados, los ratones se han replegado para volver a atacar más tarde, luego, en algún lugar diferente o en el mismo lugar. Se levanta de su escritorio, sintiendo el frío del suelo bajo sus pies desnudos, y se dirige hacia las habitaciones de sus hijos. Primero golpea en la habitación de Mila.

—Pasa, mami. Tengo examen de física mañana, voy a quedarme repasando. —Laura la observa sin emitir palabra, sus pensamientos volando entre el alivio y la preocupación por cómo sus hijos están procesando la noticia. — No te preocupes, mami. No es fácil y debemos acostumbrarnos a la idea. En el fondo, ambos sabíamos que esto iba a ocurrir. Hemos visto a muchos compañeros en la misma situación y no es algo inusual. Claro que no queremos compartirte, pero tampoco quisiera que te quedes sola cuando nos vayamos de la casa.

—¿Cuándo piensas irte? —Laura la mira horrorizada.

—Bueno, mami, nos vamos a ir. No pretenderás que nos quedemos viviendo eternamente contigo.

—Ah, bueno, —sonríe Laura, con picardía—. Pensé que estabas preparando las maletas.

—¡No seas cómica! —Mila la mira seriamente y dice en tono bajito—: Yo sé que hay más información que no nos diste, así que mañana vas a tener que responder mis preguntas. Ahora no porque tengo que repasar y estoy cansada.

—Es verdad, hay otras cosas para hablar y sin duda lo haremos mañana después del colegio, ¿te parece? —Laura se inclina y la abraza fuerte—. Eres mi sol, Mila, todo mi cielo y mis estrellas. ¡Te quiero hasta el infinito y de regreso!

Laura camina un poco más y golpea en el cuarto de Samuel. Golpea otra vez y no hay respuesta, así que abre levemente la puerta y lo ve ensimismado armando uno de sus robots. Los pequeños engranajes brillan bajo la luz tenue de la lámpara de escritorio.

—¿Podemos hablar? —Podemos —responde Samuel, seco y sin amabilidad. —Cuéntame por qué esta actitud. ¿Qué te molesta de lo que hablamos? —Laura apoya sus manos en los hombros de Samuel y lo masajea amorosamente.

—No sé, mamá. Ahora no te puedo decir. Me molesta, pero no me sigas preguntando porque no sé. Tal vez porque en el fondo siempre te pensé toda nuestra y esto me sorprende y hasta me duele.

—Recién Mila me dijo algo que debe ser verdad para ti también. Me dijo que en el fondo ambos sabían porque sucede a menudo entre vuestros compañeros.

—Sí, claro, entre ellos, pero nosotros no teníamos que entrar en la estadística. Nosotros estábamos muy bien así.

—Ustedes, sin duda. ¿Y yo? —Laura lo mira amorosamente, pero Samuel continúa manipulando su pequeño muñeco electrónico, sin girar la cabeza. — Seguramente no pensaste que muy pronto, en pocos años, vas a salir a hacer tu vida, a vivir solo y tu mamá también se va a quedar sola. Tú seguramente te buscarás una novia para vivir con ella o un grupo de compañeros y mamá se quedaría sola en la casa.

—Muchos padres se traen una mascota, es buena compañía. — Samuel comenta irónico.

—Es verdad, y yo prefiero una mascota humana, que me abrace y converse conmigo, que me responda y me acompañe al cine. Mañana seguimos conversando sobre mascotas. —Laura lo abraza fuerte y lo besa en la cabeza—. Te quiero, Sami. Te adoro.

Laura sale del cuarto de Samuel y cierra la puerta suavemente. Se dirige a su propia habitación, sintiendo el peso de las conversaciones que acaba de tener. Sus pensamientos vuelven a Greg y a lo que le espera a su familia. La transición no será fácil, pero confía en que, con amor y paciencia, todos encontrarán su camino. Se acuesta en la cama y cierra los ojos, deseando que el día de mañana traiga un poco más de claridad y esperanza.

Capítulo 9

En la quietud de la madrugada en Nueva York, cuando los mercados financieros aún no han comenzado su bulliciosa actividad, una serie de eventos inusuales comienzan a desplegarse en la oscuridad del ciberespacio. Los delincuentes cibernéticos, silenciosos pero metódicos, lanzan su siguiente ofensiva, apuntando a uno de los corazones económicos del mundo: Wall Street.

En la sala de servidores de una de las principales firmas de corretaje, las luces parpadean incesantemente, pero no es hasta que los sistemas de monitoreo empiezan a detectar un tráfico inusual que los primeros signos de alarma se disparan. Transacciones masivas, por sumas astronómicas, comienzan a moverse entre cuentas, todas dirigidas a destinos en las Islas Caimán, Andorra y otros conocidos paraísos fiscales. Estas transacciones no sólo son atípicas por su volumen, sino también por la velocidad con la que se procesan.

El sistema de alertas automáticas de la firma de corretaje envía una notificación urgente a la AGDC. Los indicadores muestran que se están realizando transferencias en fracciones de segundo, en intervalos casi simultáneos, como si se tratara de un ataque coordinado y preprogramado. El volumen de datos que se mueve es abrumador, y las transferencias se realizan mediante complejos esquemas de encriptación, diseñados para evadir la detección.

Derek, que aún no ha terminado su primer café de la mañana en Berlín, recibe la alerta en su consola. La pantalla se ilumina con gráficos y estadísticas, mostrando un flujo de transacciones que no se corresponde con ninguna actividad normal. Con el corazón acelerado, se conecta inmediatamente con su equipo.

—¡Equipo, alerta, tenemos un ataque en Wall Street! —su voz es firme, pero la urgencia es inconfundible—. Estas transacciones están drenando cuentas en cantidades alarmantes. Necesitamos actuar rápido.

Laura recibe a las 5 de la mañana, hora de Montevideo, la alerta que Derek ha lanzado desde Alemania. Salta de la cama y corre a su estudio, para ver qué refleja su sistema. Se queda impávida mirando la pantalla y la velocidad de operaciones que ve reflejadas.

Los expertos de la AGDC, repartidos en varias oficinas globales, se movilizan rápidamente. En Berlín, Derek y su equipo de análisis comienzan a rastrear las [3]IPs y las rutas de las transacciones, buscando patrones que puedan revelar la fuente del ataque. En Tokio, Takeshi activa a su equipo una vez más, recurriendo a toda su experiencia para analizar y desenmascarar la técnica del ataque. Marcus Li, en Hong Kong, está activando a todos sus subordinados.

—Derek, ¿qué estamos viendo aquí? —pregunta Laura a través de la conexión segura.

—Un patrón similar al que vimos en Singapur, pero más sofisticado. Parece que están utilizando una [4]botnet distribuida para cubrir sus huellas —responde Derek, su voz tensa pero concentrada.

—Necesitamos desactivar esas transacciones y rastrear el origen. Esto no puede ser solo un robo; están probando nuestras defensas —Laura se dirige a Takeshi—. Takeshi, ¿puedes identificar si hay algún malware infiltrado en los sistemas de Wall Street?

---

[3] Las direcciones IP son como una dirección en internet que ayuda a que los dispositivos se encuentren y se comuniquen.

[4] Una botnet es una red de computadoras controladas a distancia para realizar acciones maliciosas en internet sin que sus dueños lo sepan.

—Ya estamos en ello, Laura —responde Takeshi—. Los primeros análisis sugieren un [5]troyano avanzado que podría haber estado inactivo hasta ahora. Vamos a necesitar un análisis forense completo.

Las pantallas de la AGDC se llenan de datos provenientes de diferentes puntos del globo. Los analistas trabajan sin descanso, cruzando información y trazando líneas que conectan los eventos en Singapur con los actuales en Nueva York. La hipótesis de Laura toma forma: están siendo atacados por una red global, y estos movimientos son solo pruebas preliminares.

—Laura, he cruzado los datos de las transacciones con nuestros registros y parece que están utilizando cuentas que fueron

abiertas hace meses. Esto ha sido planeado con mucha antelación —informa Roberto, también conectado desde su casa y que ya tiene activada toda la oficina de Montevideo para el rastreo.

—Esto es una distracción, están midiendo nuestra respuesta —concluye Laura, sintiendo una mezcla de frustración y determinación—. Tenemos que estar un paso adelante. Derek, necesitamos una actualización constante sobre cualquier actividad similar en Europa. Takeshi, mantén tu equipo alerta

---

[5] Un troyano es un tipo de software que se disfraza de algo útil o inofensivo, pero en realidad permite que alguien acceda a tu computadora sin permiso.

para cualquier indicio de movimientos en Asia. No podemos permitir que continúen con esta táctica de desgaste.

Laura se toma un momento para respirar, observando cómo su equipo trabaja con precisión y coordinación mientras este lado del mundo duerme, ajeno a la silenciosa guerra en el ciberespacio.

—Nos están probando, nos quieren tensar para que después de varios intentos bajemos la guardia. Pero alerta también a otros ataques u operaciones que lancen y que no estén relacionadas con la parte financiera. Nos van a alertar en varios campos para mantenernos ocupados y distraídos.

—Lilian, nuevamente eres el centro de más actividad criminal, te atacaron en medio de tus sueños bonitos. Avísame a qué hora se emitieron las alertas a las entidades financieras para comenzar el proceso de reversión y recuperación.

Lilian Forrester, jefa de la oficina de AGDC en Nueva York, enfocada en la protección de los mercados financieros y grandes corporaciones, posee amplia experiencia en ataques cibernéticos, ya que la ciudad está considerada el centro más codiciado por los ciberdelincuentes.

—Laura, las alertas se emitieron casi inmediatamente, por lo tanto, deberían haber bloqueado las transacciones sospechosas antes de que se completen. Supongo que las instituciones lograron detener muchas transacciones aún en proceso. La cantidad de operaciones registradas fue abrumadora. Están probando los sistemas de alerta, nos están retando.

—Así es —un escalofrío le cruza todo el cuerpo a Laura—. Con esto están probando nuestra capacidad de reacción, este no es ni remotamente "el operativo".

Capítulo 10

Greg se despierta con el sonido familiar de su alarma. Aún somnoliento, toma su celular y sonríe al ver el mensaje de Laura. Siente un cálido cosquilleo de anticipación al leer sus palabras. Finalmente, la vida promete una nueva dirección, una continuidad que ha anhelado desde hace mucho.

Durante un viaje de Laura, un año atrás, la presentó a sus padres y a sus hijos. Sin embargo, sus padres no dejaron de presentarle candidatas en las reuniones de los domingos, el almuerzo familiar tradicional. Ellos no entienden esa relación a la distancia y lo que quieren es ver a su hijo con una mujer en la casa, ocupándose de los hijos y de él. Una relación a la distancia no les significa nada más que algo temporal.

Hoy, su despertar es un cúmulo de promesas y futuro. Por fin podrá dejar de vivir de a pedacitos y planear una vida completa.

Al salir de su cuarto, Greg se encuentra con James en el pasillo, ya vestido y listo para el desayuno antes de ir al colegio.

—Buenos días, papá. Tienes una sonrisa enorme, ¿qué soñaste? —pregunta James, levantando una ceja con curiosidad.

—No soñé, James, recibí un mensaje de Laura y el proceso para mudarse a Londres ha comenzado —Greg lo mira fijamente esperando ver la reacción en la cara de James. James frunce el ceño ligeramente al escuchar la noticia de la mudanza de Laura y sus hijos. Se rasca la nuca, una señal de su incomodidad, antes de responder.

—Ohhh… —empieza, mirando a su padre con una mezcla de sorpresa y duda—. ¿Y cómo debo reaccionar? Me estás mirando como si esperases algo grande de mí.

—Bueno, no sé, tú eres libre para decirme lo que sientes —Greg continúa esperando una reacción de James que le indique sus sentimientos.

—Me alegra por ti, has sido muy perseverante con los abuelos —y larga una carcajada—. Ya había hecho una apuesta con Sophia para ver cuándo te convencían e invitabas a alguna de esas mujeres a salir.

—James, tú entiendes que Laura va a venir a vivir a esta casa con sus dos hijos y que vamos a ser una familia de seis.

—Sí, papá, lo entiendo. Y si te digo lo que siento realmente, te digo que no me gusta, pero ¿quién soy yo para imponerte algo? Reconozco que desde que mamá murió fuiste el mejor padre y te dedicaste completamente a nosotros. Deseo que tengas tú también una vida feliz y me parece que ya lo tienes muy decidido con quién pasarla. Me gusta Laura, pero más me gusta que tú eres feliz con ella.

La luz suave de la mañana se filtra a través de las cortinas de la cocina, llenando el espacio con un resplandor dorado. El aroma del café recién hecho y las tostadas calientes llenan el aire, creando un ambiente cálido y acogedor. Mildred, la ama de llaves, se mueve con eficiencia por la cocina, preparando el desayuno mientras sonríe al ver a Greg y James.

Greg mira a James emocionado por sus últimas palabras. Sabe que para sus hijos va a ser difícil, así como para los hijos de Laura. Pero son de edades casi iguales, así que tendrán que adaptarse y convivir hasta que se desconcentren y se vayan a estudiar, dependiendo de dónde y qué elijan estudiar.

—Papá, ahí viene Sophia, tu niña mimada, que creo que va a sentir fuertemente la presencia de Laura en la casa. Vas a tener que prestarle mucha atención porque no le va a ser muy fácil.

—Lo sé, James, estoy muy consciente. Hola, mi preciosa princesa, buenos días.

—Buenos días, papá. ¿Hay consejo familiar a esta hora tan temprana? —Sophia pregunta mientras se acerca a Mildred, la abraza y le pregunta si ya hay mermelada de arándanos. Mildred ha vivido con ellos desde que Greg y Emily se casaron y fue la gran ayuda de Greg durante casi veinte años.

—Buenos días, mi amor. Justo estábamos hablando de algo importante —apunta Greg con una sonrisa.

—¿Ah sí? —Sophia se sienta a la mesa y mira a su padre con curiosidad—. ¿Qué es tan importante?

—Laura y sus hijos se van a mudar a Londres pronto. Vivirán con nosotros.

Sophia, aún medio dormida, parpadea sorprendida al escuchar la noticia de la mudanza. Deja caer la cuchara en su tazón de cereal, creando un pequeño estruendo y desparramando el contenido alrededor. Mira a su padre, tratando de procesar la información.

—¿Laura y sus hijos? ¿Aquí? —pregunta, su voz teñida de incredulidad y un toque de preocupación.

—Sí, aquí. Sé que es una noticia inesperada y que va a traer muchos cambios, pero quiero que sepas que estoy muy consciente de que estos cambios no van a ser sencillos para ninguno de los involucrados, pero siempre estaré aquí para hablar y para que te sientas cómoda con todo. Yo soy tu papá y lo más importante es la felicidad de ustedes.

Sophia frunce el ceño, pensativa.

—Papá, me gusta Laura, es muy agradable, pero... no estoy segura de cómo me siento al respecto. Esta es nuestra casa y... va a ser raro, ¿sabes? Yo sé que como buena hija debería decirte en este momento que tu felicidad es muy importante para mí también, pero realmente en este momento pienso que bien que estábamos hasta ahora.

Greg toma la mano de su hija.

—Te entiendo, princesa. Y por eso quiero que hablemos de todo lo que sientas. Entiendo que los cambios que van a venir van a ser algo molestos. Sin embargo, esta situación mía, aquí solo, ya no la quiero. Vamos a trabajar juntos para que esta transición sea lo más fácil posible para todos.

Sophia suspira, mirando a su hermano que le da un gesto de apoyo.

—Está bien, papá. Me imagino que lo tienen decidido y que no importan nuestras objeciones. Solo espero que podamos llevarnos bien con Laura y sus hijos y que podamos adaptarnos a este nuevo formato.

—Eso es lo más importante, mi amor —Greg sonríe, aliviado. El camino no se presenta fácil, pero él y Laura lo decidieron y espera que funcione para todos.

Capítulo 11

La cocina de los Trend es espaciosa y moderna, con una gran isla central donde Samuel y Mila están preparando sus sándwiches. Los armarios blancos brillan bajo la luz de la mañana que entra por la ventana, y el aroma del café recién hecho llena el aire. Amanda, la asistente, está junto a la cafetera, sonriendo al ver a Laura entrar, recién bañada y con la toalla en la cabeza.

—Aquí llego siguiendo el aroma del café. Gracias, Amanda, por llegar tempranito y prepararlo. Nada como asomarse a la cocina y olerlo recién colado; despierta todos los sentidos. ¡Buenos días, hijos míos!

—¡Buenos días, mamá! —repiten al unísono.

—Parece que has dormido muy bien —comenta Samuel, sonriente.

Laura suspira al recordar la alerta de las 4 de la mañana. A pesar del cansancio, sonríe al ver a sus hijos. Sabe que las noticias que va a compartir no serán fáciles de digerir.

—Hasta que decidieron atacar Wall Street antes de las 4 de la mañana de acá. Están preparando un golpe grande y nos están probando, así que estamos todos en alerta y buscando la forma de desarticularlos.

—¡Suerte! Yo me los imagino a ustedes contra ellos como en los videojuegos. Ustedes vestidos como gladiadores yendo a la lucha.

—No estamos vestidos así, pero no dudes que nos sentimos de la misma forma. Libramos una guerra no convencional, con armas no convencionales, pero tan destructiva como las usuales.

—Madre querida, ahora que hemos tenido toda la noche de por medio, ¿por qué no nos terminas de dar toda la información que te faltó dar ayer?

Samuel juega con la cuchara de su café mientras espera la respuesta de su madre. Mila, con el ceño fruncido, deja su cuchara a medio camino del tazón de cereal, claramente sorprendida y molesta.

—¿Qué más tenía que decirnos anoche? ¿Qué te pasa, Sam?

—Mila, deja que mamá termine lo que ayer no terminó.

—Sí, es verdad, Mila. Ayer no quise agregar más nada, pero hay algo más. En cuanto terminen el colegio, vamos a mudarnos a Londres y vamos a vivir todos juntos en la casa de Greg. Mila se queda pasmada, mirando a Laura como hipnotizada.

—¿Quéee? ¡Tú no puedes hacernos eso! Yo no estoy de acuerdo.

—Como yo sigo siendo tu mamá, yo soy la que impone las normas, y por ahora se seguirán mis lineamientos. Además, hay otro detalle que no les comenté y que sé que los va a perturbar, pero como ya están perturbados con lo básico, aquí les dejo otro detalle. Greg tiene dos hijos, James de 16 años y Sophia de 13, con quienes van a tener que compartir el nuevo hogar.

Samuel y Mila se quedan callados, observando su desayuno y sin atinar a hacer más comentarios.

—Me voy a cambiar y seguimos luego, si quieren.

Laura sale de la cocina, dejando a Samuel y Mila en un silencio tenso. Ambos miran sus desayunos, pero ninguno parece tener mucho apetito.

—¿Qué estás pensando, Mila? —pregunta Samuel, suspirando profundamente.

—No lo sé, Sam. Como que todo esto es demasiado. Mudarnos a Londres, vivir con personas que apenas conocemos... No me gusta, no me gusta nada —responde Mila, frunciendo el ceño y todavía mirando su plato.

—Te entiendo. Es un cambio grande. Pero creo que mamá está

feliz con Greg. Se lo merece después de todo lo que ha pasado —asiente Samuel lentamente.

—¡Pero esta es nuestra casa! Aquí tenemos a nuestros amigos, nuestro colegio... Además, estamos a un vuelo corto de avión de la casa de los abuelos. ¿Por qué tenemos que cambiar todo? —dice Mila, mirando a Samuel con una mezcla de enfado y confusión.

—Sí, es nuestra casa. Pero también entiendo que mamá no quiere estar sola. Ella ha hecho mucho por nosotros desde que papá murió. Tal vez Greg y sus hijos no sean tan malos —Samuel intenta mantener la calma y ajustar su razonamiento al de Laura.

—No es que sean malos, Sam. Es que... no quiero que un hombre sea más importante para mamá que nosotros. Y no quiero que alguien más ocupe el lugar de papá —resopla Mila.

—Nadie va a ocupar el lugar de papá, Mila. Papá siempre será nuestro papá. Pero mamá también necesita a alguien con quien estar. Creo que Greg es bueno para ella —dice Samuel con voz suave.

—¿Y si no nos llevamos bien con sus hijos? ¿Y si es un desastre? —pregunta Mila, mordiéndose el labio.

—Podemos darles una oportunidad. Quién sabe, tal vez terminemos llevándonos bien. Al menos, intentémoslo por mamá. Además, tienen casi nuestra edad; puede ser una buena experiencia, para mí tener "un hermano" de mi edad y para ti "una hermana" de tu edad —responde Samuel con una sonrisa tranquilizadora.

—Supongo que no tenemos muchas opciones, ¿verdad? —suspira Mila, resignada.

—No, no muchas. Pero podemos hacer que funcione. Juntos —dice Samuel, sacudiendo la cabeza.

—Deberemos intentarlo. Pero si hay problemas, no me quedaré callada —mira a Samuel con algo de alivio.

—Nunca lo haces, Mila. Nunca lo haces —sonríe Samuel.

Capítulo 12

Laura aprovecha cada día la cercanía entre su apartamento y la oficina para realizar su caminata e ir conversando con Greg. Hoy ambos tienen mucho para comentar: la conversación con los hijos, pero fundamentalmente lo pronto que sus vidas van a cambiar y lo bien que eso los hace sentir. Laura camina con un paso más energético y lleno de expectativas. Sabe que en la oficina la esperan problemas, pero más allá, del otro lado del océano, la espera una nueva vida y su amor, que con mucha paciencia la esperó durante varios años hasta llegar al día de ayer, cuando dio el paso definitivo para realizar los cambios.

—¿Cómo te sientes hoy? Cuéntame, ¿cómo ves tu mundo después de haberte sacado el peso de tenerme guardado tanto tiempo? —Greg quiere que le cuente, quiere saber cómo se siente.

—Greg, me siento feliz de que ellos ya lo saben y feliz de haberles dicho cuáles serán nuestros próximos pasos. Cuando regresé a la cocina para recoger mi teléfono, los escuché conversando, así que no entré y me regresé a mi cuarto, pero escuché cómo Sam le dijo a Mila: "Puede ser una buena experiencia, para mí tener 'un hermano' de mi edad y para ti 'una hermana' de tu edad". Ese razonamiento ya muestra que estamos cruzando el puente. —Laura sonríe; su voz evidencia el agrado de lo que escuchó y la esperanza de lo que puede venir.

—Eso es maravilloso, Laura. Saber que los chicos están empezando a aceptar la idea hace que todo esto valga aún más la pena. Siempre supe que podían entender y adaptarse. También nosotros hemos pasado por muchas cosas antes de llegar a este momento; vamos camino a una nueva etapa para todos. —Greg responde con voz tranquila y reconfortante.

Laura siente un calor en el pecho, una mezcla de amor y gratitud hacia Greg. Sus palabras siempre han sido un refugio, y en este momento de transición, son el ancla que ella necesita. Quisiera que esta fuera una videoconferencia para mirar a Greg a los ojos y sentir la conexión profunda que los ha mantenido unidos a pesar de la distancia y los años.

—Sí, juntos podemos con todo, Greg. No puedo esperar a que estemos todos reunidos. Este es el comienzo de algo hermoso, lo sé. —Laura responde con un brillo en los ojos, anticipando el futuro que les espera.

Justo en ese momento, llega a la oficina. Laura se detiene frente al edificio y respira hondo, preparándose para el día que le espera.

—Bueno, aquí estoy. Hora de enfrentar el caos antes de que podamos disfrutar de nuestra nueva vida. —Laura dice con una sonrisa, despidiéndose con un beso a la cámara antes de terminar la llamada.

—Te amo, Master Whitmore, y ya falta menos.

—Cada día que pasa mi amor por ti crece, es verdad, ya falta menos. Cuando miro hacia atrás me digo: ¡qué locura, hemos pasado siete años separados! ¿Y si no te gusta el clima de Londres o el olor de los londinenses?

—Pero me gusta tu clima personal y tu olor privado; con eso me doy por satisfecha. ¡Love you! —Y cierra la conversación porque ya está ingresando al ascensor.

—Laura, buenos días, ya escuché lo sucedido en Nueva York —Rodrigo Marras, jefe de Operaciones Regionales de Ciberseguridad para América Latina, ya está en el ascensor cuando ella ingresa.

—Las alarmas del ataque se deben haber escuchado en Marte. Podrían ser un poco más considerados y respetar nuestro sueño; estuvieron como locos atacando. Según mi hijo, nuestras operaciones son como un videojuego. Yo me imagino que los atacantes deben tener la edad de mi hijo, aunque dirigidos por delincuentes bien experimentados.

—¿Podemos reunirnos en una hora para estudiar estrategias? Roberto ya está en la oficina.

—Claro, por supuesto. Antes voy a comunicarme con Japón, Berlín, Londres y Hong Kong para que me comenten sobre el [6]análisis forense.

Cuando entran a la oficina, Roberto Medina, el director de operaciones cibernéticas, sale al encuentro con el rostro desencajado.

—Buenos días, Roberto. Entiendo que algo está pasando además de la noche de Wall Street. —Lo saluda Laura al observar su rostro y su lenguaje corporal.

—Después del ataque frustrado a Wall Street, han lanzado un ataque hacia nosotros. Específicamente, han estado intentando infectar nuestros sistemas con software malicioso para obtener acceso, robar información y cifrar datos críticos. Están probando nuestra vulnerabilidad. Jamás hemos tenido, desde que tengo memoria, un ataque continuo y tan despiadado de ciberdelincuentes. En este punto sugiero contactar a Silicon Valley, al CERT (Equipo de Respuesta ante Incidentes de Seguridad Informática), plantear lo que está ocurriendo y al CISA (Agencia de Seguridad de Ciberseguridad e Infraestructura). Esto ya es una guerra declarada, y los organismos de seguridad de EE.UU. que trabajan para proteger la infraestructura crítica del país contra amenazas cibernéticas

---

[6] El análisis forense es el proceso de examinar evidencia, como huellas o datos, para descubrir qué sucedió durante un delito.

deben estar no solo alertados, sino también involucrados, porque, de acuerdo a lo observado, ellos están operando para llevar todo el sistema financiero hacia un colapso. Ese es nuestro análisis y ellos saben que si los involucramos es porque la situación es muy seria.

—Rodrigo, necesito unas palabras contigo en privado. Unos minutos nada más. Ya que hay tanto lío y movimiento, voy a agregar un poco más al ambiente. —Laura sonríe y, con un toque en la espalda, se lleva a Rodrigo a su oficina.

—Laura, no vengas con cosas raras, porque hoy el horno no está para más bollos.

—Rodrigo, antes de que las cosas empeoren, porque hacia allí vamos, quiero conversar contigo sobre un desarrollo en mi vida y necesito tu acción. Voy a mudarme a Londres y necesito el traspaso a la oficina de Paddington.

—¿Y eso? ¿Cómo es eso? —su jefe la mira sorprendido y confundido.

—Hace muchos años que estoy en una relación con un súbdito inglés y llegó la hora de formalizar. Así que, después de comunicarle las novedades a mis hijos, te las comunico a ti. Espero que me consigas el traspaso a AGDC. No quisiera comenzar en alguna otra compañía y realmente no tengo muchas ganas de convertirme en consultora independiente, aunque no me han faltado sugerencias. Todavía creo que puedo funcionar en el área corporativa global; me agradan mis relaciones y la colaboración con todas las agencias.

—Laura, tu nombre y tu reputación te preceden. No creo que haya problemas en que tengas tu lugar en la oficina de Londres.

—Ojalá así sea. Y ahora, a enfrentar nuestra confrontación diaria. Siento que las acciones han escalado y cada día se presenta como una nueva crisis.

Capítulo 13

Laura entra a su apartamento después de un arduo día de análisis y estudio de casos, con una amplia sonrisa en el rostro.

—Hermanos Trend, vengan, tengo algo que contarles.

—Mamá, desde ayer me preocupa todo lo que tengas que decirnos. —Responde Samuel, con reticencia, acercándose a la cocina, hacia donde se ha dirigido Laura.

—¿Dónde está Mila?

—Aquí estoy, mamá. Ya, ya.

—¿Qué vas a contarnos?

—El viernes a la mañana llegan Greg y sus hijos; vienen a conocerlos y a tener un primer encuentro con ustedes antes de que nos mudemos a Londres.

Samuel y Mila la miran con ojos enormes, sin pronunciar palabra. Quedan pasmados con la noticia.

—¿Algún comentario?

—Sí, ¿dónde se van a quedar? —Pregunta Mila con preocupación.

—Ustedes van a ser los anfitriones de James y Sophia en la casa, y yo voy a quedarme con Greg en el hotel boutique de la otra cuadra.

—¿Aquí? ¿Se van a quedar aquí?

—Sí, se van a quedar el viernes, sábado y domingo aquí, con ustedes. Nosotros también vamos a estar aquí, pero por la noche vamos a estar en el hotel.

—¿Y qué vamos a hacer con ellos? No los conocemos, no sabemos qué les gusta.

—Bueno, en esos tres días van a hacer lo posible por conocerse, encontrar intereses en común y organizar actividades interesantes para los cuatro. Ya no son niños, así que van a poder compartir, alternar y comunicarse. Ustedes van a tener el apartamento libre para ustedes; van a organizar cómo y dónde van a dormir y las actividades que compartirán.

—Esto no me hace muy feliz, pero voy a hacer lo posible para que salga bien. Por ti, mamá, por ti, y luego no me digas que no colaboro. —Samuel responde con un dejo de confrontación. Laura sonríe, porque conoce el lado cordial y benévolo de su hijo y sabe que todo va a salir como lo planearon con Greg.

—Yo no estoy muy convencida, mamá, y como siempre, nos impones tus asuntos y tenemos que seguir tus lineamientos, a veces no veo el momento de irme de la casa.

—Mila, porque sé que estás ansiosa por irte de la casa, es que quiero vivir con Greg, porque sé que voy a sufrir mucho cuando te vayas. Y como por ahora no puedes aún liberarte de mí, tendrás que seguir bajo "mi yugo opresor".

Laura organiza con Oriana para que esté pendiente de lo que pasa en la casa mientras ella está con Greg. También Amanda va a estar en la casa los tres días para ocuparse de los desayunos y ordenar. Y en la oficina ya todos saben que Laura no existe para ellos el fin de semana. Lilian Forrester va a cubrir su lugar en caso de urgente necesidad.

El avión llega a Montevideo el viernes a las 5:30 de la mañana. Laura va sola a esperarlos. Estaciona su coche en el área de llegadas del Aeropuerto Internacional de Carrasco y se dirige a la terminal con una mezcla de nervios y emoción. Observa a la multitud de pasajeros que empiezan a aparecer por la puerta de desembarque y, finalmente, ve a Greg y a sus hijos, James y Sophia, acercándose con sus maletas.

—¡Greg! —exclama Laura mientras se apresura a saludarlos. Greg la recibe con un cálido y estrecho abrazo y un beso sobre el cabello mientras James y Sophia sonríen tímidamente. — Hola, James; hola, Sophia. —Mientras abraza a cada uno de ellos y los besa cariñosamente.

Los chicos murmuran un saludo mientras Laura les sonríe amablemente. Se da cuenta de que están tan nerviosos como ella, si no más.

—Bienvenidos a Montevideo. Ha sido un largo viaje y espero que hayan dormido, porque si quieren disfrutar del fin de semana, van a tener que esperar muchas horas para volver a dormir. Caso contrario, el jet lag les va a arruinar la estancia. Mientras viajamos hacia Punta Carretas, donde vivo, van a poder ver un poquito de la ciudad.

Greg le pasa el brazo por los hombros y la lleva muy cerca de él hasta llegar al automóvil. Laura les va señalando algunos lugares de interés durante el recorrido hasta su edificio. Al llegar, Samuel y Mila ya están esperando, tratando de ocultar su nerviosismo.

—Samuel, Mila, estos son James y Sophia. Greg, estos son mis hijos.

—Hola —dice Samuel, extendiendo la mano con cierta reticencia.

—Hola —responde Mila con una sonrisa que refleja más nerviosismo que entusiasmo.

—Hola —dicen al unísono James y Sophia, tímidamente.

—Chicos, sabemos que no es fácil para ninguno de ustedes, pero siéntanse cómodos. No esperamos que sean hoy los mejores amigos, pero sí que disfruten esta estadía y la pasen bien haciendo cosas que les gusten. Por ahora, vamos todos a desayunar a la cocina. —Los invita Laura y, antes del desayuno, les da un recorrido por la casa y les indica que Samuel y Mila van a ser sus anfitriones y les van a indicar dónde va a dormir cada uno. Samuel y Mila les dicen que James va a dormir en el cuarto de Samuel y Sophia en el de Mila, y que ellos van a usar la oficina y el cuarto de Laura para acomodarse.

El desayuno es una mezcla de conversaciones incómodas y silencios, pero poco a poco los chicos empiezan a encontrar puntos en común. Descubren que a todos les gusta el cine, así que deciden ir a ver una película esa tarde. Laura y Greg observan sentados juntos, sin interrumpirlos, satisfechos de ver cómo sus hijos comienzan a romper el hielo.

Greg y Laura, sentados uno junto al otro, se comen con la mirada. Greg reposa su mano sobre la pierna de Laura, acariciándola. Laura acomoda su mano sobre la de Greg, con la promesa de los momentos que van a venir.

Samuel invita a todos a su cuarto para mostrarles su colección de robots, y luego Mila se lleva a Sophia a su cuarto para mostrarle dónde va a dormir y para enseñarle los juegos de computación que ha creado, entre ellos uno conectado a la moda, tema que le apasiona a Sophia.

Laura les avisa que ellos se van al hotel, que quedan conectados con el celular, con Oriana y Amanda, y libres para organizar su día juntos.

—Creo que dejarlos juntos y solos va a salir bien —dice Greg mientras salen hacia el hotel.

—Sí, estoy segura de que lo harán bien. Necesitan tiempo para adaptarse, pero veo potencial en ellos —responde Laura, sonriente.

Greg la lleva de la mano mientras arrastra su carry-on con la otra.

—Esta idea tuya, Greg, fue maravillosa. Necesitaba tanto tenerte cerca después de una semana infernal en el trabajo y de revelaciones emocionales con mis adolescentes, que parecía que les estaba destruyendo la vida y el corazón. Claro que todo va a salir bien, si todo lo que queremos es lo mejor para ellos, aunque los míos piensan que les estoy complicando la existencia.

Capítulo 14

Laura y Greg llegan al hotel y se registran en la recepción. Después de obtener la llave de la habitación, se dirigen al ascensor. El ambiente entre ellos está cargado de expectativa y emoción contenida. En el ascensor, Greg la atrae hacia sí y le susurra al oído, su voz cargada de emoción:

— Laura, ¡ni te imaginas cuánto he esperado este instante! ¡Por suerte pronto se va a terminar esta distancia, ya se está volviendo difícil!

Un escalofrío recorre la espalda de Laura, erizándole la piel. La intensidad en la voz de Greg y la cercanía de su cuerpo la llenan de una mezcla de alegría y deseo. Ella se gira ligeramente, mirándolo a los ojos, y responde con una sonrisa:

— Yo también, Greg. Han sido días largos sin ti. Cada vez se me hace más difícil separarme de ti, ya creo que llegué al colmo, no quiero estar lejos, la distancia me tiene hastiada. Laura se cuelga de su cuello y le acomoda la cabeza sobre el pecho.

El ascensor llega a su piso y se abren las puertas. Caminan juntos hasta su habitación, abriendo la puerta con la tarjeta electrónica. La habitación es acogedora y elegante, con una gran ventana que ofrece una vista panorámica de la ciudad y el río a lo lejos. Greg cierra la puerta detrás de ellos y, sin perder más tiempo, la envuelve en un abrazo fuerte, como si temiera que Laura pudiera desaparecer. La abraza con sentimientos de semanas sin haber estado juntos, necesitándose. Laura responde con igual intensidad, como llegar al hogar, como abrazarse a la seguridad y al amor que tanto extrañaba. Apoyando su cabeza en el pecho de Greg, sintiendo el latido de su corazón. Ella lo mira a los ojos, sus miradas cargadas de emociones acumuladas. Se abrazan con fuerza, sintiendo cada segundo de la separación en sus cuerpos ahora reunidos.

— ¡Cuánto esperé este momento! — dice Greg su voz ronca de deseo.

— Yo también, Greg — murmura Laura. — Este fin de semana es solo el comienzo. Tenemos mucho por delante.

Greg la besa primero suavemente y luego con creciente y aplastadora pasión. Se separan apenas unos milímetros, sus respiraciones se entrelazan.

— Déjame bajar las luces y disfrutar de este momento solo nuestro — Greg se estira para ajustar la iluminación, creando un ambiente más íntimo. Luego, mirándola con intensidad, repite con aún más sentimiento: — Laura, ¡cuánto te he extrañado! Estas semanas han sido interminables.

— Me agrada esta penumbra y que me hayas extrañado porque tal vez dentro de un tiempo tanta presencia te resulte agobiante, espero que no sea así — responde Laura con una sonrisa juguetona.

Greg le cruza los brazos por la espalda sosteniéndola aún más cerca, besando suavemente su cabello.

— Laura, convivir va a traer roces entre todos, eso ya lo hemos conversado y estamos claros, pero lo importante es querer estar juntos y no haber desistido de este deseo de convivir. Eso dice mucho sobre nuestra relación y nuestras expectativas. Hemos pasado muchos años separados y, en mi caso, mis padres trataron activamente de introducir mujeres en mi vida. Nunca ninguna se acercó a mi imagen de ti. Siempre supe que tú eras lo que yo quería en mi vida y en mi hogar.

Laura se aferra más a su enamorado, su cuerpo temblando con el deseo que la invade. Se besan con pasión renovada, mientras Greg la va liberando de su blusa lentamente, se separan apenas para respirar, sus frentes tocándose mientras comparten un momento de intimidad y conexión profunda.

— Esta noche es nuestra — dice Greg con determinación, acariciando suavemente su mejilla, su cuello y avanzando hacia sus senos expectantes.

— Sí, nuestra, aunque podríamos decir que aún no ha terminado la mañana y nos queda toda la tarde y toda la noche, porque no pienso dejarte ir de mi lado, mejor dicho, no pienso yo irme de tu lado, a menos que esté sucediendo una matazón en la casa entre los cuatro adolescentes— responde Laura con una sonrisa tierna y traviesa.

Se mueven hacia la cama, donde se recuestan uno frente al otro, mirándose con las manos entrelazadas. La conversación fluye naturalmente, compartiendo historias de los días pasados y sus esperanzas para el futuro.

Greg sigue desvistiéndola lentamente, sus dedos recorriendo cada centímetro de piel con una ternura casi reverente. La mirada de Laura se encuentra con la suya, sus ojos reflejando la intensidad del momento. Sin prisa, disfrutan de cada instante, saboreando la cercanía después de tanto tiempo separados.

Llevándola de la mano, Greg la guía al baño. La idea de compartir una ducha juntos les arranca una sonrisa cómplice. Sin embargo, al abrir la puerta de la ducha, se dan cuenta de que el espacio es demasiado pequeño para ambos, con la estatura y la anchura de Greg, imposible. Greg suelta una carcajada, un sonido que llena la habitación. Levanta a Laura con facilidad y la lleva de vuelta a la cama.

— Parece que tendremos que dejar la ducha para otra ocasión — dice Greg, sus ojos brillando y su sonrisa inundando su cara.

Laura ríe, apoyando su cabeza en el pecho de Greg mientras él la deposita suavemente sobre la cama. La complicidad y el amor entre ellos son palpables, cada acción reflejando la profunda conexión que comparten.

— Para la próxima — murmura Laura — Ya encontraremos donde hacer el amor bajo el agua.

Greg la mira intensamente, sus manos recorriendo su cuerpo con una mezcla de necesidad y adoración. El momento se llena de una sensación de nostalgia, y amor renovado. Y lentamente comienza a besarla desde la cabeza hacia el pecho, el abdomen, mientras sus manos van conquistando todos los terrenos que tanto estuvo extrañando. Aunque se ha imaginado este momento durante el viaje y siente un apuro natural por entrar y conquistar los espacios amados, se contiene porque en la ausencia piensa lo mucho que quiere compartir y tener a Laura así a su lado y a su merced. No quiere apurar el momento, quiere disfrutarlo saboreando cada instante compartido.

— Laura, es increíble como desde que sé que ya nos falta poco para estar juntos mi ansiedad se ha multiplicado y no puedo pensar en otra cosa, además que me desespera no tenerte y tocarte. La espera hasta que llegues a Londres se me va a hacer difícil, Voy a tener que meterme en mi trabajo para que el tiempo pase más rápido. Pensar que pasaron casi 7 años y este tramo final se me hace infinito. Ahora que ya sé que por fin voy a poder tenerte todos los días a mi lado es que me parece perenne.

— También a mí, mi amor, también a mí, necesito que sigas

tocando y acariciando porque este momento lo estuve deseando y soñando hace días, yo también te necesito, yo también necesito sentir tu cuerpo y tu aliento paseando por todo mi cuerpo.

Greg juega con su boca y juega con sus dedos buscando la profundidad de su deseo, penetrando y enloqueciéndola de placer. Laura se retuerce y se pega a Greg tratando que la fricción sea más fuerte y la lleve hasta el final. Lo abraza con pasión y con la boca succiona el pecho de su amado mientras mueve las caderas buscando alcanzar el gozo máximo que está llegando, que está elevándola cada vez más. Y cuando llega se aferra a su amante buscando su boca y liberando todo su placer en un beso feroz y ardiente.

— Ven, ven adentro, te estoy esperando con todo mi deseo, para mi es demasiado tiempo esperando tus manos, tus besos, no quiero esperar más, te quiero siempre a mi lado, siempre dentro mío, siempre dándome placer, siempre haciéndome volar como solo tú sabes hacerlo.

—Ahí voy mi vida, tú también me haces falta, no existe nadie como tú, eres el placer total.

Greg la penetra, Laura envuelve sus piernas alrededor de su cintura mientras golpea con fuerza para ir más y más adentro incrementando el deleite y aumentado el placer de ser exprimido por ella. El ritmo de sus corazones se acelera, sincronizándose en una melodía ardiente que solo ellos pueden escuchar. Cada suspiro, cada gemido, es una nota en esta canción de pasión que los envuelve por completo. Se dejan llevar por el éxtasis, sin

preocuparse por el mundo exterior, solo enfocados en el placer que se desborda entre ellos. El clímax llega como una ola poderosa que los arrastra hacia la cima de la satisfacción. Se entregan por completo al éxtasis, dejando que los deseos contenidos se liberen con fuerza y audacia. El tiempo se detiene mientras experimentan un momento de pura conexión, donde solo existen ellos dos y la pasión que los consume.

Greg se queda quieto, unos segundos, mirándola y se recuesta a su lado agotado, con una sonrisa en sus labios. Laura gira y se queda con su cuerpo pegado al de él, mirándolo.

La luz tenue de la habitación crea un ambiente acogedor y tranquilo, perfecto para la reconexión. Al final, se acurrucan juntos, sintiendo la comodidad y la paz de estar finalmente en los brazos del otro. Sus respiraciones se sincronizan mientras disfrutan de la cercanía y del calor que emanan sus cuerpos.

— ¡Cuánto te espere! — susurra Laura, acariciando suavemente el rostro de Greg.

—Yo también, mi amor —responde Greg, besando su frente con ternura. Sus labios descansan por un momento en su piel, como si quisiera grabar ese instante en su memoria para siempre. La calidez de su aliento y la proximidad de sus cuerpos crean una burbuja que los envuelve, aislándolos del exterior.

—No puedo creer que estemos juntos de nuevo —dice Laura, apoyando su frente contra la de Greg. Sus ojos se cierran, disfrutando del contacto y de la seguridad que él le proporciona.

—Pareció una eternidad, ¿verdad? —Greg sonríe, entrelazando sus dedos con los de ella. El contacto de sus manos les recuerda la profunda conexión que los une. Que su amor es más fuerte que la distancia que aún los separa.

Laura asiente, sus ojos brillando con lágrimas no derramadas. —Necesito sentirte cerca, escuchar tu voz, sentir tu aliento sobre mi piel, sentirte vibrar en mi interior.

—Estoy aquí ahora, y muy pronto juntos para siempre.
Ella sonríe y deja que una lágrima solitaria escape. —Te amo tanto, Greg. Eres mi todo.

—Y tú eres mi vida, Laura. —Greg la atrae hacia sí, envolviéndola en un abrazo que parece fusionar sus almas. Sus corazones laten al unísono, el mundo se detiene. Solo existen ellos dos, y el amor que comparten.

Laura levanta la vista y encuentra los ojos de Greg, llenos de amor y promesas. —Ya desperdiciamos muchos años. No desperdiciemos ni un segundo más.

—Estoy de acuerdo —Greg sonríe, acariciando su cabello. —A partir de ahora, cada día será una nueva oportunidad para amarte más.

Los dos se miran con una intensidad que trasciende las palabras

sellando su promesa con un beso apasionado. Una declaración de su compromiso y de la fuerza de su amor. Es un recordatorio de que, sin importar las dificultades, siempre encontrarán el camino de regreso el uno al otro.

El beso comienza a profundizarse, sus labios moviéndose con una sincronización perfecta, explorándose mutuamente con una mezcla de ternura y fervor. Laura siente cómo los brazos de Greg y su calor la envuelven, atrayéndola más cerca, intentando fundir sus cuerpos en uno solo.

Los dedos de Laura se enredan en el cabello de Greg, tirando suavemente mientras sus bocas se devoran con pasión. Cada movimiento de sus labios y lenguas es una promesa, una confesión silenciosa del amor que se profesan, un amor que no conoce límites ni barreras.

El tiempo permanece detenido. Los latidos de sus corazones se aceleran, resonando al unísono. Cada caricia, cada susurro contra sus labios, es un recordatorio de todo lo que se han extrañado y lo fuerte de su conexión.

Cuando se separan, apenas unos milímetros, sus respiraciones siguen entrecortadas, y sus ojos se encuentran nuevamente, vulnerables y ansiosos. Sus labios, hinchados y ardientes, permanecen cerca, y listos para reencontrarse una y otra vez

Laura sonríe, sus dedos acariciando la nuca de Greg. —Te amo —susurra, su voz apenas un murmullo entre sus respiraciones entrelazadas.

Greg responde con un suave beso en la comisura de sus labios, sus ojos brillando con una emoción palpable. —Y yo a ti, más de lo que las palabras puedan expresar.

Capítulo 15

Laura besa levemente los labios a Greg y gira para buscar su teléfono.

— Hola, Amanda. Cuéntame, ¿qué están haciendo los chicos? — Del otro lado Amanda le pasa un detallado reporte. — ¡Qué bien, me alegro mucho! Diles que vamos a ir a buscarlos para ir a cenar a las 7. Gracias, Amanda. — Cierra su celular y se dirige a Greg. — Nuestros hijos están jugando a las cartas, sentados en la alfombra de la sala. Están jugando al UNO y parece que lo están pasando muy bien. Amanda ya les dio de comer y les va a avisar que a las 7 los pasamos a buscar para ir a cenar.

— Laura, esta decisión de organizar un viaje aquí en dos días de repente me pareció una locura, pero me alegro de haberlo hecho. No solo por nosotros, que necesitábamos este encuentro, mis testículos azules, adoloridos te necesitaban urgentemente, sino también para que nuestros hijos se vayan acostumbrando a una nueva realidad que se acerca. Verlos compartir juntos es algo que no tiene precio. La tensión que anunciaba toda esta situación me preocupaba, pero ahora, viendo lo rápido que lograron conectar sé que valió la pena. La mudanza a Londres será un gran cambio para ellos y para nosotros, y tener esta oportunidad de pasar tiempo juntos antes de que te vayas es invaluable. Estos momentos de unión crean hermosos recuerdos para todos, y, poder compartir una cena en familia nos permite una vista previa de nuestra vida en un futuro cercano y me ayuda a sentirme más auspicioso por lo que viene.

—Confiesa, Greg, que todo este movimiento te tenía preocupado, que toda la confianza que mostrabas era solo una pantalla para que yo no saliera corriendo.

— En secreto, solo para nuestros oídos y que nadie se entere —susurra Greg — les tengo mucho miedo a los adolescentes. A veces salgo de mi cuarto por la mañana con la sensación y el pensamiento de qué tipo de monstruo voy a enfrentar hoy.

—También a mí me sucede o cuando me enfrento a sus reclamos me veo como una domadora vestida como las que veíamos en el circo con botas y látigo. Sí, son un caso, pero a veces. Tendremos que vivir con cuatro monstruos en esta etapa y respetar su derecho a atravesarla con todas sus peculiaridades.

—Construiremos un frente único, juntos será mejor. Y más soportable.

Mientras conversan, Greg acaricia el cuerpo de Laura con suavidad, deslizando sus manos por su espalda y acariciando su cabello. La atrae hacia sí, pegándola más a su cuerpo y haciéndole sentir el ardiente deseo que siente por ella. Laura suspira con placer, derritiéndose entre los brazos de Greg. Sus miradas se encuentran, llenas de emoción y anhelo.

Lentamente, Greg acerca su rostro al de ella, hasta que sus labios se funden en un beso apasionado y profundo.

—Greg, cada día te extraño más, no puedo vivir ya lejos de ti nunca imaginé que expresaría esto una y otra vez—susurra ella, con la voz cargada de emoción.

—Yo tampoco, Laura. Te extraño cada día, necesito tenerte en mi casa, junto a mí, cada día y cada noche, —responde él, su voz ronca de deseo y nostalgia.

Sus cuerpos se abrazan con urgencia, como si quisieran fundirse en uno solo. Sus miradas se encuentran, llenas de emoción y anhelo. Lentamente, Greg acerca su rostro al de ella, hasta que sus labios se funden en un beso apasionado y profundo. Laura entreabre los labios, permitiendo que las lenguas de ambos se entrelacen en un baile íntimo. Las manos de Greg recorren cada curva de Laura, memorizando cada centímetro de su piel. Recorren su espalda metiéndose entre los cachetes de su trasero, acariciando cada hueco en ese recorrido, de atrás hacia adelante. Con los dedos inspeccionando los pliegues y masajeando con el pulgar el clítoris. Ella se estremece de placer bajo su tacto, devolviéndole las caricias con la misma intensidad mientras su mano acaricia y masajea su miembro erguido, sus dedos exploran con destreza y su cabeza recorre el largo de su cuerpo escondiéndose entre sus piernas succionando y dándole placer a sus testículos. Greg gime, su respiración entrecortada por el placer que ella le provoca.

—Dios, Laura, eres única e increíble —dice él entre jadeos, sus manos temblando por la intensidad del momento.

—Te necesito, Greg —jadea ella, con los ojos brillando de deseo.

—Soy tuyo, Laura. Hace años que lo soy y cada vez me es más difícil separarme de ti —contesta él, con una pasión indomable en sus palabras.

Embriagados por la dicha de su reencuentro, se pierden en una danza de besos y caricias, conscientes solo de la calidez de sus cuerpos y la deliciosa sensación de estar de nuevo juntos.

Greg y Laura se encuentran en una frenética danza de pasión y deseo. La tensión crece a medida que se acercan cada vez más, sus cuerpos entrelazados en una unión apasionada.

—No pares, Greg. No te detengas —gime ella, sintiendo cómo él la lleva hacia el clímax. Sus caricias expertas enviando oleadas de placer a través de su ser. Juntos alcanzan la cima del éxtasis, sus respiraciones agitadas y sus corazones latiendo al unísono. No pueden separarse, absortos en la intensidad del momento, disfrutando de la intimidad compartida. Yacen enredados, saciados por el momento, anhelando más. Una conexión profunda e inquebrantable los une, más allá de lo físico. Este vínculo especial los mantiene unidos, sin importar los ángeles y demonios que se alineen en su futuro.

Saciados, ambos se duermen pegados, sus cuerpos entrelazados en un cálido abrazo que refleja la profundidad de su conexión. La respiración de Laura se vuelve lenta y rítmica contra el pecho de Greg, mientras él la envuelve, sintiendo su corazón latir al unísono con el de ella. Envueltos en la serenidad del momento, se dejan llevar por el sueño, encontrando paz y placer en la proximidad del otro.

La alarma del celular de Laura los devuelve nuevamente a la realidad y a los compromisos de padres responsables de sus retoños.

— Greg — susurra Laura — ya es hora de levantarnos y recoger a nuestros herederos.

Greg se despereza, se incorpora y la besa ardientemente.

— Ya que no cabemos ambos, voy a usar la ducha yo solo. Ya tendremos en mi casa mucho lugar en la ducha para retozar.

— Ve colocando un banco en la ducha y varias agarraderas en la pared, ya no somos tan jóvenes y flexibles. — Laura agrega con una carcajada.

Capítulo 16

Greg y Laura deciden llevar a sus hijos a cenar a un restaurante con vistas al río, buscando un ambiente relajado y agradable para que las dos familias se conozcan mejor. La noche es fresca y el reflejo de las luces de la ciudad en el agua crea un escenario perfecto. El grupo llega al restaurante y es recibido por un amable anfitrión que los guía a una mesa redonda junto a una gran ventana que ofrece una vista espectacular del río. La mesa está dispuesta con elegancia, y el suave murmullo de la conversación de los otros comensales proporciona una atmósfera íntima pero acogedora.

Greg se para donde va a sentarse y corre la silla a su lado para acomodar a Laura. Sophia se ubica pegada a su papá, estableciendo inconscientemente su derecho de propiedad. Mila se sienta a su lado, luego James y Samuel junto a su mamá.

Aunque han podido compartir juntos en la casa, esta es la primera experiencia de una familia unida alrededor de la mesa. Greg se da cuenta de la tensión y el esfuerzo que todos están haciendo para integrarse, por lo que decide elegir un tema que podría ser de interés común y romper el hielo de una manera más efectiva. Sabe que los jóvenes, a pesar de sus diferencias, comparten la misma generación y probablemente tengan intereses similares. Con esto en mente, Greg comienza la conversación.

— Bueno, chicos —dice Greg, sonriendo mientras observa a cada uno de los jóvenes—. ¿Por qué no me cuentan cuáles son sus series o películas favoritas? Estoy seguro de que todos tenemos alguna que nos encanta, y así podemos descubrir las cosas en común.

Greg está concentrado en hacer que la integración de las dos familias sea lo más suave posible. Está consciente de la tensión y el esfuerzo que todos están haciendo y quiere aliviar esa tensión proponiendo un tema de conversación que pueda interesar a todos.

Los adolescentes levantan la mirada, intrigados por el tema.

— Por ejemplo —continúa Greg—, yo recientemente empecé a ver una serie de ciencia ficción que me tiene atrapado. ¿Alguno de ustedes tiene una serie que le guste mucho?

James, siempre el más reservado, es el primero en responder, quizás porque este es un tema seguro y familiar.

— Yo estoy viendo *Sherlock*, una serie que está muy buena. La trama es increíble y los personajes son muy complejos.

Samuel asiente, mostrando interés.

— *Sherlock* me pareció genial. Acabo de terminar *Stranger*

Things. Me encanta cómo combinan la ciencia ficción con el drama. Además, la ambientación es increíble.

Mila sonríe y añade:

— Yo estoy obsesionada con *Harry Potter*. Me encanta todo el mundo mágico, y he leído los libros varias veces. Quizás me sea más sencillo pensar en mudarnos a Londres si voy a poder visitar los escenarios. Lo primero que quiero conocer es la estación de King's Cross y la plataforma 9 ¾.

Sophia, sintiéndose más cómoda al ver que todos están participando, interviene también.

— Mila, la plataforma 9 ¾ no existe, pero hay un carrito incrustado en la pared donde todos los fanáticos se toman fotos.

— Pues ahí quiero ir y sacarme una foto —responde Mila mirando a Sophia y esperando una respuesta a su peculiar deseo.

— Papá, la podemos llevar a la Warner Bros. y realizar el tour. Mila, ahí vas a poder ver los sets auténticos, los vestuarios y accesorios utilizados en las películas, incluyendo el Gran Comedor, la Sala Común de Gryffindor y el Callejón Diagon.

— Me parece una gran idea. Sophia, tú te encargas de organizar y hacer las reservaciones para cuando lleguemos a Londres.

— Me voy a encargar de todo eso. Aunque sigo siendo una fan

de *Harry Potter*, ahora soy más fan de *Los Juegos del Hambre*. Los libros y las películas me fascinan, especialmente por la fuerza de Katniss como personaje.

Laura sonríe, feliz de ver que la conversación fluye naturalmente y cómo Greg ha logrado enganchar a todos en una conversación relajada en la que todos participan. Se siente dichosa de ver a sus hijos y a los hijos de Greg interactuando de manera positiva. Piensa en cómo hacer que esta nueva dinámica familiar funcione sin fricciones importantes.

— Me encanta escuchar sobre sus gustos. Quizás podríamos tener noches de series o películas en familia, donde cada semana alguien elija qué ver.

Greg asiente, satisfecho con la dirección de la conversación. Siente una mezcla de responsabilidad y alivio al ver que la conversación fluye. Se siente agradecido de que los jóvenes estén participando y contribuyendo con sus opiniones e intereses.

— Eso suena como una excelente idea, Laura. Una gran manera de pasar tiempo juntos compartiendo una sola pantalla y no cada uno con la suya.

Samuel, sintiendo que este es un buen momento para hablar de algo importante, se anima a preguntar:

— Y hablando de pasar tiempo juntos, ¿cómo vamos a

organizarnos en la casa? ¿Tienen suficiente lugar para todos o vamos a tener que compartir habitaciones?

Greg toma aire, agradecido por la pregunta directa.

— Sí, Samuel. Laura y yo hemos estado pensando en eso. La casa es amplia y hay suficientes habitaciones para todos. Queremos asegurarnos de que todos tengan su propio espacio y también áreas comunes donde podamos estar juntos. Pero creemos que lo mejor sería que todos participen en la planificación. ¿Qué opinan?

Los jóvenes se miran entre sí, y James expresa en voz alta lo que seguramente todos piensan:

— Ustedes entienden, seguramente, que aunque todos queremos vuestra felicidad, este paso no es muy cómodo para nosotros. Cada uno de nosotros va a tener que doblegar algo de su personalidad para poder crear esta nueva realidad.

Laura asiente, reconociendo la sinceridad de James.

— Entendemos perfectamente, James. Y valoramos mucho que se sientan así. Este es un cambio significativo para todos. También tu papá y yo vamos a tener que realizar cambios en nuestras vidas, a las que nos acostumbramos durante tantos años de viudez. Vamos a tener que compartir decisiones que antes tomábamos solos. Es natural la incomodidad inicial.

— Sí —añade Greg—, la idea es que todos nos sintamos

escuchados y respetados. Queremos que cada uno de ustedes se sienta en casa, como miembros de una nueva familia. Hay suficiente lugar para todos y nadie va a dormir en el ático; cada uno va a tener su lugar cómodo y confortable, y cada uno va a poder decorarlo a su gusto. Incluso James y Sophia van a tener la opción de hacerlo si piensan que sus cuartos se ven demasiado infantiles para su edad. Ya que vamos a redecorar, podemos redecorar todos los espacios. Incluso podemos mudarnos por un tiempo a un Airbnb y así cambiamos las habitaciones y las salas.

— Sí, eso podría funcionar —añade Laura—. Podemos planificar cómo queremos decorar nuestros espacios y hacerlos más personales.

James, aunque todavía algo escéptico, añade:

— Me agrada discutir sobre las áreas comunes. Es importante que tengamos lugares donde podamos pasar tiempo juntos sin sentirnos apretados o incómodos.

Greg sonríe, contento de ver que la conversación está avanzando positivamente.

— Exactamente, James. Laura y yo habíamos pensado en algunas ideas, y queremos escuchar sus opiniones. ¿Qué les parece una sala de juegos o una zona de estudio compartida?

Laura añade con entusiasmo:

— Y no olvidemos el jardín. Barbacoas en verano, plantar un pequeño huerto o tener un espacio para relajarnos.

Sophia, más entusiasmada con la idea, sugiere:

— Y podríamos tener noches temáticas, como noches de cine o de juegos de mesa, donde todos participemos y nos divirtamos juntos.

Mila, con una sonrisa tímida, añade:

— O podríamos tener tardes de cocina donde todos aprendamos a hacer algo nuevo. Siempre he querido aprender a hacer sushi.

Samuel sonríe irónicamente, pensando en la imagen tan romántica que están pintando y que seguramente la realidad va a ser como una espina en el trasero.

James, relajándose, agrega:

— Vamos a tener que establecer reglas básicas para asegurarnos de que todos respetemos los espacios y el tiempo de los demás. Como un calendario de tareas, por ejemplo.

Greg asiente, apreciando la proactividad de los jóvenes.

— Eso es una excelente idea, James. Cuando Laura, Samuel y Mila lleguen a Londres, vamos a sentarnos todos juntos y crear esas reglas y ese calendario para que todos nos sintamos responsables y comprometidos con esta nueva dinámica.

Laura sonríe, mirando a cada uno de los jóvenes con cariño. Se siente emocionada, pero también un poco nerviosa sobre cómo será la convivencia diaria. Está contenta de esta conversación, que ha sido un buen comienzo para unir a los jóvenes.

— Lo importante es que nos apoyemos mutuamente y nos demos tiempo para adaptarnos. Sabemos que no será fácil al principio, pero estamos seguros de que, con paciencia y comprensión, podremos formar una familia unida y feliz.

Sophia asiente con entusiasmo.

— Sí, me parece genial. También podríamos tener un calendario para las tareas del hogar, así todos colaboramos y no recaen todas las responsabilidades en una sola persona.

La conversación continúa con todos aportando ideas sobre cómo hacer la convivencia más armoniosa. Greg y Laura se sienten aliviados al ver que, a pesar de las dificultades iniciales, hay una voluntad genuina de parte de todos para hacer que esta nueva familia funcione. Greg mantiene la mano de Laura sobre su muslo, presionando con entusiasmo ante cada expresión juvenil.

Sophia se va relajando a medida que la conversación avanza y encuentra puntos en común con los otros adolescentes, pero teme no poder conectar con Samuel y Mila y que la convivencia sea tensa. También le preocupa que no todos estén dispuestos a colaborar y respetar las nuevas reglas.

James siente una mezcla de incomodidad y curiosidad. No está completamente seguro de esta nueva dinámica, pero se siente más relajado al hablar de sus intereses. Le preocupa perder su espacio personal y privacidad, y teme que la convivencia sea incómoda y que haya conflictos.

Samuel se siente irónicamente distanciado, participa en la conversación para no parecer descortés. Le es importante establecer expectativas realistas. Teme que la cohabitación sea caótica y que las expectativas sean demasiado altas. Le preocupa que la realidad no cumpla con la imagen idealizada que están tratando de crear.

Mila se siente tímida pero entusiasmada. La idea de mudarse a Londres y visitar los lugares de *Harry Potter* la emociona mucho, y quiere impresionar a los demás con su conocimiento. Pero le asusta no encajar bien con Sophia y que la nueva dinámica familiar sea difícil de manejar. También le preocupa que sus intereses no sean compartidos por los demás.

Greg y Laura atraviesan esta primera experiencia con grandes expectativas y esperanzas de poder ensamblar una familia con costumbres e idiomas diferentes, y con la responsabilidad de lograr minimizar las diferencias y tensiones para que la integración sea más accesible y los jóvenes se sientan cómodos en su nueva familia, alentando la convivencia y evitando conflictos que puedan afectar la armonía familiar.

Greg y Laura, sentados uno junto al otro, se miran amorosamente mientras sus manos permanecen entrelazadas. Cada toque y cada mirada reflejan la profunda conexión que han cultivado y su ilusión en la labor de ensamblar sus familias.

En sus mentes, se imaginan el futuro que tanto han anhelado: un hogar lleno de risas, momentos compartidos y la satisfacción de llenar la soledad que cada uno ha sentido durante tanto tiempo. Los años de viudez han dejado marcas profundas, pero también han abierto espacio para una nueva etapa de sus vidas, una etapa que ahora ven acercarse llena de promesas y posibilidades.

Greg observa a Laura con ternura, agradecido de haberla encontrado. Laura, por su parte, devuelve la mirada con una mezcla de amor y determinación, sintiendo en su corazón que, por fin, han encontrado el compañero perfecto para esta nueva aventura.

Comparten miradas y gestos cariñosos. Cómplices en una misión que no es solo ensamblar dos familias, sino construir un nuevo hogar donde todos puedan sentirse amados, incluidos y comprendidos. Cada apretón de manos y cada sonrisa son un pacto silencioso de apoyo mutuo y compromiso, sellando su unión no solo como pareja, sino como socios de una vida futura en conjunto.

Capítulo 17

Laura y sus hijos se despiden el domingo por la noche en el aeropuerto de Carrasco de Greg Whitmore y sus hijos, con la promesa de volverse a ver muy pronto en Londres. Laura y Greg observan emocionados los abrazos de despedida de sus hijos. La idea de dejarlos solos tres días para que se conozcan y conecten fue tremendamente exitosa; en la despedida, pueden observar las conexiones que crearon entre ellos. Saben que la convivencia traerá celos y discordias, pero este primer encuentro ha sido un paso adelante hacia la relación que pronto se convertirá en cohabitación.

Greg mantiene a Laura abrazada de un lado y a Sophia del otro, mientras comparte con todos lo feliz que se va de Montevideo y el recibimiento que espera preparar muy pronto en Heathrow. James y Samuel se separan del grupo para conversar sobre el robot que James se lleva a Londres y cómo activarlo. Laura propone un abrazo grupal y así se despiden hasta el reencuentro, que será muy pronto.

El lunes por la mañana, la familia Trend vuelve a su rutina. Laura retira el bloqueo de información de AGDC y se prepara para enterarse de todo lo que ha pasado en su mundo cibernético, que parece no haber sido muy escandaloso: mucha acción, pero manejable.

Cuando llega a su oficina, escucha las alertas de un ataque cibernético. El centro financiero de Singapur se encuentra en estado de alerta máxima. Por segunda vez en pocas semanas, ha sido víctima de un sofisticado ataque de ciberdelincuentes, desatando el caos en las transacciones financieras y poniendo en riesgo la seguridad de datos críticos. Esta vez, el ataque es más agresivo y coordinado, con un impacto que se extiende rápidamente por varias instituciones financieras, paralizando operaciones y sembrando pánico entre los inversores.

En la planta alta del Swiss Global Bank en Zúrich, Kurt Weiss revisa su agenda mientras atiende el teléfono. Es una llamada interna y una voz cargada de pánico.

—Kurt, tenemos un problema. Los sistemas están colapsando. No podemos acceder a nuestras bases de datos —dice la voz al otro lado.

Kurt siente un escalofrío recorrer su espalda. Se apresura a bajar al centro de operaciones. Las pantallas muestran un caos digital: códigos parpadeantes y alertas rojas. Los operadores corren de un lado a otro, tratando de restaurar el control.

—¿Qué demonios está pasando? —exige saber Kurt, su voz cortante.

—Nos están atacando. Parece un ciberataque a gran escala —responde uno de los técnicos—. Y no somos los únicos. Tenemos reportes de otros bancos en la misma situación.

En Singapur, Jian Tan se encuentra en una situación similar. Los sistemas del Singapur Universal Bank han sido comprometidos. En la sala de juntas, la atmósfera es tensa.

—¿Cómo es posible? —pregunta Jian, su voz un susurro forzado—. Necesitamos respuestas ahora.

Laura Trend, con una mirada decidida y un gesto de preocupación, camina rápidamente por los pasillos de la oficina de AGDC en Montevideo. Ha llegado el momento de actuar, abrir otro frente y comprometer a otras piezas representativas de esta lucha. Los recientes ataques cibernéticos contra centros financieros alrededor del mundo son cada vez más agresivos y sofisticados.

Con una carpeta de documentos en una mano y su teléfono en la otra, Laura se dirige a la sala de videoconferencias. Ha solicitado una reunión de emergencia con la sede de [7]Interpol en Lyon, Francia. La situación requiere una intervención internacional y la colaboración de las mejores agencias de seguridad del mundo.

---

[7] Interpol es una organización internacional que ayuda a las policías de diferentes países a trabajar juntas para combatir el crimen.

—Conectando con Interpol —anuncia un técnico mientras ajusta el equipo.

El rostro del director de cibercrimen de Interpol, el inspector Pierre Dubois, aparece en la pantalla. Su expresión seria refleja la gravedad del asunto.

—Buenas tardes, señora Trend. ¿Cuál es la emergencia? —pregunta Dubois, yendo directamente al grano.

—Buenas tardes, inspector Dubois. Gracias por atendernos con tan poca antelación. La situación es crítica. Hemos detectado una serie de ataques cibernéticos altamente coordinados dirigidos a centros financieros en Singapur, Suiza y Norteamérica. Creemos que es una operación global destinada a desestabilizar la economía mundial —comienza Laura, colocando la carpeta sobre la mesa y abriéndola para mostrar los informes y relatar ante el inspector todos los hechos acaecidos y las medidas llevadas a cabo.

—Entiendo. ¿Tienen alguna pista sobre los responsables? —pregunta Dubois mientras toma notas.

—Sí, hemos identificado patrones que sugieren la implicación de una red criminal similar a la desmantelada en la operación [8]DarkMarket. Los ataques tienen firmas digitales que hemos

---

[8] Operación DarkMarket fue una investigación internacional que desmanteló un sitio web ilegal donde se compraban y vendían datos robados y bienes ilegales.

visto antes en operaciones criminales de gran escala, pero no podemos individualizarlas —hace una pausa Laura para que Dubois asimile la información.

Dubois asiente, indicando que sigue la explicación.

—¿Y cuál es su propuesta, señora Trend?

—Es perentorio combinar fuerzas en un operativo internacional, coordinado y simultáneo, para identificar, rastrear y detener a estos ciberdelincuentes. Estamos en una situación que supera nuestra capacidad de acción. Necesitamos que Interpol coordine con las fuerzas del orden de otros países para asegurar el éxito de la misión —explica Laura con firmeza. Dubois pregunta por los detalles logísticos y de recursos necesarios. Laura desglosa sus sugerencias con precisión:

—Inspector Dubois, Interpol puede cruzar información y encontrar conexiones no identificadas, para que los equipos de ciberseguridad y forenses digitales puedan recolectar pruebas. Es importante realizar arrestos y el desmantelamiento de infraestructuras utilizadas por los criminales. Los equipos de respuesta rápida en las principales regiones pueden estar preparados para actuar de manera coordinada, asegurando que se realicen arrestos y extradiciones sin contratiempos.

Dubois toma un momento para considerar la propuesta.

—Parece un plan sólido y necesario. Voy a llevar estas propuestas y sugerencias a mi gente.

—Convocaremos a los representantes de las agencias pertinentes y organizaremos una reunión de planificación en las próximas 24 horas. ¿Le parece bien?

—Perfecto, inspector Dubois. Le enviaré toda la información que tenemos recopilada hasta ahora y estaré disponible para cualquier consulta. Es imprescindible la rapidez y la precisión quirúrgica. El ataque es masivo y cada vez nos acercamos más al límite de nuestras capacidades —afirma Laura, aliviada de recibir una respuesta positiva.

—Estamos de acuerdo, señora Trend. La mantendré informada sobre los próximos pasos —Dubois esboza una ligera sonrisa, mostrando confianza en la colaboración.

La conexión se corta y Laura se reclina en su silla, dejando escapar un suspiro de alivio. Sabe que, con la colaboración internacional, pueden desmantelar esta amenaza global.

Sale de la sala de videoconferencias y se dirige a su equipo, que la espera ansiosamente.

—Tenemos luz verde de Interpol. Comenzamos a planificar el operativo de inmediato —anuncia Laura, con una renovada determinación en su voz.

Laura Trend, como directora de ciberseguridad de AGDC, convoca a su equipo de expertos en una videoconferencia de emergencia. El semblante de Laura es grave.

—Tenemos una situación crítica, equipo. Este ataque es más sofisticado que el anterior. No tenemos tiempo que perder —dice Laura, proyectando en la pantalla los datos de la intrusión.

El equipo, compuesto por analistas de seguridad, criptógrafos y expertos en inteligencia, comienza a desplegar sus recursos. Tomás, el analista principal, detecta rápidamente patrones de tráfico inusuales y señala varios servidores comprometidos.

—Están utilizando un método de infiltración nuevo, algo que no habíamos visto antes, y tengo la impresión de que están operando un atajo a nuestro sistema de reconocimiento —informa Tomás.

—Necesitamos identificar el origen y detener la propagación antes de que causen más daño —responde Laura, mientras asigna tareas específicas a cada miembro del equipo—. Tomás, quiero una reunión privada contigo apenas terminemos —Laura está siguiendo la línea de análisis de su analista principal y le preocupa lo que acaba de escuchar. ¿Ese atajo que ha nombrado Tomás significa que hay alguien que está proporcionando información calificada desde AGDC?

Samantha, la criptógrafa, trabaja frenéticamente para descifrar los códigos maliciosos utilizados en el ataque. Mientras tanto, el equipo de inteligencia, liderado por Javier, comienza a rastrear posibles pistas sobre los autores del ataque, investigando en la darknet y otros canales ocultos.

—Laura, hemos identificado un patrón que sugiere que el ataque podría estar vinculado a un grupo conocido por sus operaciones en Asia-Pacífico —informa Javier, mostrando una serie de correos electrónicos interceptados.

Laura asiente, consciente de la gravedad de la situación.

—Bien, necesitamos toda la información que podamos obtener sobre este grupo. Mientras tanto, Samantha, ¿algún progreso con los códigos?

—Sí, estamos avanzando. Parece que han usado una variante modificada de un ransomware[9] conocido. Estoy trabajando en una contra estrategia —responde Samantha, sin apartar la vista de su pantalla.

Las horas pasan y la tensión en la sala de guerra es palpable. El equipo liderado por Laura trabaja incansablemente, combinando habilidades y conocimientos para mitigar el ataque. Finalmente, logran contener la amenaza, neutralizar el ransomware y restaurar las operaciones normales en el centro financiero de Singapur.

—Excelente trabajo, equipo. ¡Tomás, ya sé que estás cansado, pero necesitamos hablar! —Ambos van a la sala de reuniones para una conversación privada.

---

[9] El ransomware es un tipo de software malicioso que bloquea el acceso a tus archivos y exige un pago para liberarlos.

El alivio en la sala de guerra de AGDC es breve. Roberto, el director de operaciones, levanta la voz desde su terminal.

—¡Laura, tenemos un problema! —dice, su rostro pálido iluminado por las múltiples pantallas frente a él. —Andorra y Suiza siguen en la misma situación.

Laura, a punto de revisar con Tomás los informes de Singapur, gira bruscamente.

—¿Qué estás viendo?

—Se están reportando múltiples interrupciones en las filiales bancarias en Andorra y Suiza. Están desconectando los sistemas de conexión de datos y aislando las operaciones bancarias —explica Roberto mientras proyecta un mapa en la pantalla principal, mostrando puntos rojos parpadeando sobre Europa.

Laura frunce el ceño.

—Esto es un ataque coordinado. No podemos perder tiempo. Equipo, necesitamos dividirnos. Tomás y Javier, se encargan de Andorra. Samantha y yo nos ocupamos de Suiza. Quiero informes de situación cada quince minutos. ¡Vamos!

En cuestión de minutos, el equipo se despliega en su configuración de emergencia. Tomás y Javier comienzan a analizar los datos entrantes desde Andorra. Los sistemas bancarios muestran signos de una intrusión masiva, con múltiples intentos de desconectar las filiales de sus servidores centrales.

—Están usando un método similar al de Singapur, pero más agresivo. Están cortando las conexiones y aislando las operaciones bancarias, probablemente para dificultar la respuesta coordinada —explica Javier. —Nuevamente están usando un atajo.

—Debemos restablecer las conexiones y proteger los sistemas de soporte vital. También, buscar una puerta trasera para contrarrestar el ataque —agrega Tomás, sus dedos volando sobre el teclado.

Mientras tanto, en el otro extremo de la sala, Laura y Samantha enfrentan un desafío similar en Suiza.

—Samantha, ¿puedes identificar la fuente del ataque? —pregunta Laura.

—Están encriptando las conexiones y utilizando proxys para ocultar su origen. Pero hay un patrón en el tráfico que podría darnos una pista —responde Samantha, analizando las complejas secuencias de datos.

—Necesitamos neutralizar este patrón. Si podemos identificar su punto débil, podemos detenerlos antes de que causen más daño —dice Laura, observando atentamente las pantallas.

Las horas se desvanecen en una carrera contra el tiempo. En Andorra, Tomás y Javier logran restaurar parcialmente las conexiones de datos, permitiendo a las filiales bancarias reanudar algunas de sus operaciones críticas.

—Estamos ganando terreno, pero no podemos bajar la guardia —advierte Tomás. —Están intentando otra infiltración.

En Suiza, Laura y Samantha finalmente descifran el patrón de ataque.

—Aquí está, Laura. Están usando un [10]nodo en particular para coordinar los ataques. Si lo desactivamos, podemos desestabilizar toda su operación —dice Samantha con un destello de esperanza.

—Hazlo. ¡Desconéctalo! —ordena Laura con determinación.

Con un par de comandos rápidos, Samantha ejecuta el contragolpe. Las pantallas parpadean y los indicadores de ataque comienzan a desvanecerse.

El reloj marca la medianoche cuando el equipo de AGDC finalmente logra repeler los ataques en ambos frentes. El agotamiento es evidente en sus rostros, pero también el alivio.

---

[10] Un nodo es un punto de conexión en una red, como una computadora o un dispositivo, que puede enviar, recibir o almacenar información.

—Buen trabajo, equipo. Hemos pasado por una tormenta y salimos adelante —dice Laura, su voz llena de orgullo. —Esto no ha terminado. Necesitamos reforzar nuestras defensas y estar preparados para lo que venga. Singapur, Londres y Japón quedan en alerta mientras nosotros nos vamos a descansar.

—Tomás, mañana seguimos nuestra conversación, registra tus sospechas y analiza los últimos movimientos.

Capítulo 18

En Hong Kong, un hombre apuesto y atlético de 35 años, con el cabello negro y liso, cortado de manera pulcra, con ojos oscuros y una inteligencia aguda, que viste de manera formal, con trajes oscuros y camisas claras, manteniendo una apariencia profesional en todo momento, camina hacia las oficinas de AGDC. Marcus Li es un talentoso analista senior de ciberseguridad en la Alianza Global para la Defensa Cibernética (AGDC). Con más de diez años de experiencia en el campo, se ha destacado por su habilidad en la detección y mitigación de amenazas cibernéticas. Es conocido por su aguda mente analítica y su capacidad para resolver problemas complejos bajo presión. Después de completar una maestría en ciberseguridad, se especializó en análisis de malware, seguridad de redes, criptografía avanzada y respuesta a incidentes cibernéticos. Marcus posee una habilidad innata para desglosar problemas complejos y encontrar soluciones efectivas. Su serenidad en situaciones críticas lo convierte en un activo valioso durante incidentes de seguridad. Es extremadamente organizado y detallista en su trabajo, lo que le permite detectar vulnerabilidades que otros podrían pasar por alto.

Al llegar a su escritorio, encuentra una alerta enviada por Laura.

—Marcus, es primordial que mantengamos una reunión respecto al segundo ataque a Singapur. Indícame si es posible una reunión a las 11 p.m. de Hong Kong e invita a Mei-Ling. —Mei-Ling Chen es la jefa de Análisis de Amenazas Cibernéticas en Hong Kong.

Marcus se acomoda en su puesto y le responde afirmativamente a Laura, mientras revisa los últimos desenvolvimientos de los que no está enterado. Observa que nuevamente frustraron un ataque a Singapur, Andorra y Suiza, y bloquearon los atajos usados para evadir los sistemas de seguridad.

—Laura, ya le envié la invitación a Mei-Ling. Nos vemos a las 11 p.m. local. Mientras tanto, voy a reunir información sobre las últimas violaciones en nuestro software y averiguar cómo fueron realizadas.

En Montevideo, Laura se acomoda en su asiento y llama a Greg.

—Greg, mi amor, ya te extraño. ¿Cómo estuvo ese viaje?

—Tranquilo. En cuanto nos sentamos en nuestros asientos, caímos rendidos, y creo que los tres dormimos todo el viaje. ¿Cómo estás tú?

—Agotada. En cuanto entré a la oficina, estuve repeliendo un ataque contra Singapur, Andorra y Suiza. A la medianoche, pudimos volver todo a su normalidad. Estamos enfrentando una guerra abierta, y esto es a diario. —En la voz de Laura se percibe el cansancio de los últimos tiempos y el agotamiento mental de buscar nuevos parches para repeler los ataques, cada vez más intensos y frecuentes.

—Laura, creo que el "SentinelAI" está listo para ser probado. Fue diseñado según tus instrucciones, y de acuerdo a mi gente, ya puede detectar, analizar y mitigar amenazas cibernéticas en tiempo real.

—Me encantaría probarlo antes de que salga a la venta y poner mis recomendaciones. Voy a tener que mantenerlo en secreto porque hemos descubierto, en el ataque de ayer, que están usando atajos, y eso solo puede venir de una vulneración de los nuestros con información interna calificada. Debemos descubrir quién nos está atacando desde adentro, una misión muy delicada porque solo operadores en los niveles más altos pueden entregar ese tipo de información.

—El "SentinelAI" realiza un monitoreo continuo de las redes y sistemas de las organizaciones, identificando patrones de comportamiento anómalos que puedan indicar actividades maliciosas. Utiliza [11]algoritmos avanzados de [12]*machine learning* para analizar grandes volúmenes de datos en tiempo

---

[11]Un algoritmo es un conjunto de instrucciones paso a paso que una computadora sigue para resolver un problema o realizar una tarea.

[12] Machine learning es cuando una computadora aprende a hacer tareas por sí misma a partir de datos, sin ser programada para cada paso.

real, detectando posibles amenazas antes de que puedan causar daño significativo.

Y lo que en este momento es fundamental para ti, para descubrir a tu [13]"topo", es la detección de actividades inusuales. Si un usuario que normalmente no accede a ciertos

datos de repente comienza a hacerlo, o si hay intentos de acceso fuera del horario habitual, SentinelAI puede generar una alerta. También, entre otras maravillas del sistema, cuenta con la inspección profunda de paquetes (DPI), que permite a SentinelAI examinar el contenido de los paquetes de datos que se están transmitiendo, detectando la fuga de información sensible.

—Voy a contactar al director ejecutivo global de AGDC para alertarlo sobre lo que hemos encontrado y lo que significaría tener tu herramienta para nuestra guerra antes de que el mundo vea destrozado todo su sistema financiero por estos ciberdelincuentes. No queda mucho tiempo. Estamos al borde de un colapso si no logramos unir a las empresas que patrullan el espacio para actuar en conjunto y si no logramos no solo detener sino bloquear todas sus rutas de acceso. —Laura le

---

[13] Un 'topo' es una persona que se infiltra en una organización para espiar y recopilar información secreta.

explica a Greg con evidentes signos de agotamiento—. Imagínate descubrir que estamos peleando con delincuentes dentro del ciberespacio y también dentro de nuestra organización.

Capítulo 19

El sol de la tarde se filtra por las cortinas de la habitación de Mila. Una luz cálida y reconfortante inunda el espacio. Con el ceño fruncido y los labios apretados en una fina línea, Mila, de 14 años, apasionada por la tecnología, recibe el brillo pleno de la pantalla de su computadora. Mila navega por sus redes sociales, una actividad que normalmente es fuente de alegría y conexión con sus amigos.

Desde hace unos días, algo ha cambiado. Mensajes anónimos y perturbadores comenzaron a invadir su espacio virtual, convirtiendo su refugio digital en un campo minado de hostilidad y amenazas veladas.

—¿Por qué a mí? —murmura Mila, revisando el último mensaje que le ha llegado. Las palabras son cuchillos amenazadores: "Eres una perdedora, nadie te quiere aquí". —¿Aquí dónde?, ¿aquí en las redes, aquí en Uruguay?

Los mensajes no son solo hirientes, sino que parecen estar diseñados para socavar su confianza y empequeñecerla. A pesar de su edad, Mila no es una chica común. En su familia, nadie peca de neófito en el tema de la tecnología. A pesar de la profunda comprensión de la tecnología, este conocimiento no mitiga el dolor de las palabras crueles que aparecen en su pantalla.

Mila ha decidido no dejarse amedrentar y va a tratar de solucionar esto ella sola, sin recurrir a su mamá o a Samuel. Primero, analiza la situación que enfrenta y cómo la hace sentir, piensa en por qué ese otro la califica como perdedora y si ella realmente se ve como perdedora. De ninguna forma, sabe que tiene una ventaja frente a su hostigador: tiene las habilidades y conocimientos para desentrañar su identidad, para descubrirlo. Su mamá siempre le ha repetido que las herramientas para manejarse dentro del ciberespacio son como conocer las reglas de tránsito para un conductor, un seguro de vida. Su mente trabaja aceleradamente, como siempre que se enfrenta a un problema tecnológico.

Primero, toma capturas de pantalla de todos los mensajes y comentarios ofensivos. Laura le ha enseñado que es crucial tener un registro de todo lo que se va desarrollando. Luego, abre una nueva ventana y accede a un servicio de acortador de URL que permite rastrear la dirección IP de quien vaya a hacer clic en el enlace.

"Vamos a ver si tienes el valor de abrir esto, cobarde", reflexiona Mila, mientras escribe un mensaje neutral y adjunta el enlace acortado, esperando que el acosador muerda el anzuelo.

Envía el mensaje y se recuesta en su silla, observando la pantalla con una mezcla de esperanza y tensión. Pasan varios minutos interminables hasta que, finalmente, el rastreador registra una actividad. Mila sonríe, una sonrisa de triunfo, al ver que el acosador ha caído en su trampa. Con esta simple acción, Mila está logrando identificar el dispositivo del acosador en la red, la dirección que lo identifica para poder actuar dentro de internet. Es como lograr que este delincuente le diga sin querer la dirección de su casa. Mila copia la dirección IP y comienza a trabajar en su rastreo.

Utiliza herramientas de análisis forense para investigar más a fondo, buscando cualquier pista que pudiera llevarla a la identidad del acosador. Compara los patrones de comportamiento de las cuentas falsas y analiza el lenguaje y los tiempos de actividad.

Mila es meticulosa y paciente, cualidades que Laura le enseñó para poder transitar el mundo de la tecnología sin frustrarse. "¡Gracias, mamá!" Después de horas investigando, finalmente tiene suficientes datos para delinear un probable acosador.

—No te esconderás por mucho tiempo —susurra para sí misma, sintiendo la adrenalina de la victoria cercana.

Cuando Laura regresa del trabajo, Mila se asoma a la cocina, se sienta y comienza a contarle los días negros y desventurados que vivió, leyendo toda la sarta de locuras que ese personaje le escribió.

—Mamá, esto no es simplemente bullying, este personaje me odia profundamente y quisiera verme destruida. Como si yo le hubiera robado algo o lo hubiera perjudicado.

—Mila, lo hemos hablado muchas veces y ahora te ha tocado experimentarlo en carne propia. El problema no es tuyo, el problema es del que te está acosando, ya sea porque tiene problemas familiares, es inseguro, busca atención... en fin, por montones de razones que no eres tú. No quiero que te sientas afectada, y esto que me estás contando me habla de tu madurez y tu enfoque en el problema. Ante todo, analiza de dónde puede este individuo sentirse amenazado por ti. Dónde puedes haber interactuado con este individuo.

—Mami, lo único que se me ocurre es el colegio. No veo otra opción tan clara como esta. ¿Quién se va a sentir amenazado por mí en el club? Realmente yo soy la última en tenis y natación. Sí, definitivamente tiene que ser alguien del colegio.

—Cuéntame los pasos que tomaste. —Laura la observa con preocupación y dolorida por el trance que atraviesa su hija, pero sabe que son situaciones de aprendizaje que van a servirle a lo largo de su vida.

Mila le describe todas las etapas y recibe un fuerte abrazo y beso de su mamá, que la mantiene apretada a su cuerpo, llenándola de palabras estimulantes.

—¡Felicitaciones, Mila, me enorgulleces tanto! Es como si me demostrases con esta acción tu madurez y tu juicio para enfrentar los problemas.

Ambas concuerdan en que deben tomar medidas. Laura contacta a las autoridades y presenta todas las pruebas que Mila ha recopilado. La administración de la escuela también es notificada para que estén alertas y tomen las medidas necesarias.

Esa noche, el ambiente en la casa es tenso. Mila se acuesta en su cama, pero el sueño no llega. En la oscuridad, los ruidos de la noche parecen amplificados. Un crujido en el piso, el viento contra la ventana. Mila cierra los ojos, tratando de calmarse, pero la sensación de ser observada no desaparece. Se levanta y vuelve a encender su computadora, revisando nuevamente las pistas que ha reunido.

Un mensaje nuevo aparece en la pantalla: "Crees que has ganado, pero esto no ha terminado". El corazón de Mila late con fuerza. Respira hondo y, con manos temblorosas, responde: "Estoy lista para lo que venga. No me asustarás."

Apaga la computadora, decidida a no dejarse intimidar. Pero, en el fondo, una sombra de miedo se instala; aun teniendo el conocimiento de las armas necesarias y los caminos para poder librarse de esas amenazas, el acechador la conoce y sabe quién es y dónde estudia. La luz de la luna entra por la ventana, proyectando sombras inquietantes en las paredes de su habitación. Por un lado, se siente dueña de su espacio seguro y de las armas para defenderse y desentrañar a un acosador, pero, por otro lado, el hostigador está allí, detrás, escondido de ella y de los demás, listo para derramar su odio sobre otros inocentes.

Mila entiende perfectamente lo que Laura le ha recordado una y otra vez:

—La tecnología es un arma poderosa, tanto para el bien como para el mal. Está en nosotros usarla sabiamente.

Capítulo 20

Frente a todo lo que enfrenta laboralmente, Laura está ansiosa por mover a la familia a Londres, pero tiene un tema para aclarar antes: hablar con sus padres y con sus suegros, todos en Buenos Aires y completamente ignorantes de sus próximos movimientos.

Sorprendentemente, decide tomar el buquebús el viernes por la tarde y pasar el fin de semana con los abuelos, una forma más liviana de dar las noticias de la mudanza y permitir que sus hijos pasen tiempo con ellos. Ya no será tan sencillo, una vez mudados, venir a visitarlos.

Este nuevo día viene acompañado, ante todo, de una conversación con Francisco Ramírez Cuello, director ejecutivo global de la Alianza Global para la Defensa Cibernética (AGDC), que la ha mantenido tensa durante toda la noche; las noticias a compartir son graves y preocupantes.

Laura ingresa a la amplia sala de reuniones, diseñada con una estética moderna y funcional, que refleja la avanzada tecnología que la organización emplea en su lucha contra el cibercrimen. Las paredes son paneles de vidrio esmerilado, que ofrecen privacidad sin perder la sensación de amplitud. En un extremo de la sala, una pantalla de alta resolución, montada en la pared, se conecta a un sistema de videoconferencia. Varias pantallas táctiles integradas en la mesa permiten a los participantes acceder fácilmente a documentos, gráficos y presentaciones. Laura lleva su laptop personal; no quiere usar los sistemas de la compañía para esta reunión y solo desea el aislamiento y la privacidad del lugar para tratar temas críticos.

Laura se sienta frente a su laptop, con los nervios a flor de piel. Sabe que la información que va a compartir con Francisco Ramírez Cuello, el director global de la AGDC, es de vital importancia. Su corazón late con fuerza mientras abre la aplicación de videoconferencia. Se toma un momento para respirar profundamente, tratando de calmarse antes de la conexión.

Cuando la imagen de Francisco aparece en la pantalla, Laura siente una mezcla de alivio y tensión: alivio porque finalmente va a compartir abiertamente sus descubrimientos y buscar apoyo, y tensión por la gravedad de la situación. Se siente pequeña en comparación con la magnitud de la responsabilidad que recae sobre sus hombros.

—Hola, Francisco, buenas tardes para ti. Gracias por esta reunión, necesito consultar varios temas contigo.

—Buenos días, Laura. Un placer hablar contigo; con tantos temas entre manos, ya esto se ha hecho casi una rareza. Lamento estar a veces demasiado desconectado de los temas operativos, pero aquí estoy, completamente a tu disposición y listo para escucharte.

La claridad de la videollamada permite que cada expresión facial de Francisco se vea con nitidez, aumentando la sensación de inmediatez y seriedad de la conversación. Laura ajusta su postura, decidida a presentar su caso con la mayor precisión y profesionalismo posible.

—Francisco, como bien sabes, hemos detectado varios ataques al centro financiero de Singapur en los últimos días. Además, hemos descubierto un ataque conjunto dirigido a Andorra y Suiza. Estos ataques no son aislados, Francisco. Los ciberdelincuentes están usando atajos y vulnerabilidades que son específicas de nuestros sistemas de protección en la AGDC. Esto solo puede significar una cosa: tenemos un topo dentro de nuestra organización —explica Laura con firmeza.

Francisco se queda en silencio por un momento, asimilando la gravedad de las palabras de Laura.

—¿Tienes alguna idea de quién podría ser? —pregunta finalmente.

—Hemos ingresado a Marcus Li en esta búsqueda y actividad para frenar estas acciones, sin decirle que sospechamos de un infiltrado en el sistema, porque no quiero alertar a nadie. Considero que Marcus puede ser una pieza clave en identificar algunas de las pistas que nos lleven al topo. No tenemos pruebas concretas. Creemos que el colapso del centro financiero de Singapur podría desencadenar un colapso global, con consecuencias devastadoras para el mundo y la economía. Singapur es uno de los principales centros financieros del mundo, desempeñando un papel crucial en la intermediación financiera y el comercio internacional. Es un centro donde se manejan grandes volúmenes de transacciones financieras diarias, incluyendo inversiones, seguros y operaciones bancarias. Las instituciones financieras en Singapur están profundamente conectadas con mercados y bancos de todo el mundo. Un colapso en Singapur afectaría a estas conexiones, interrumpiendo las cadenas de suministro financiero y los flujos de capital a nivel global. Además, alberga numerosos fondos de inversión y [14]*hedge funds* que gestionan activos de clientes internacionales. Un colapso podría llevar a una pérdida masiva de valor en estos fondos, afectando a inversores y empresas a nivel mundial. Los mercados podrían entrar en pánico, provocando ventas masivas de activos, caída de precios de acciones y bonos, y una crisis de liquidez.

—Laura, tu descripción es alarmante. Si Singapur colapsa, estamos hablando de un efecto dominó que podría afectar a todos los mercados financieros del mundo. La situación es

---

[14] Un hedge fund es un fondo de inversión que utiliza estrategias complejas para intentar obtener altos rendimientos, a menudo con mayor riesgo.

crítica —admite Francisco, frunciendo el ceño.

Laura asiente y toma un respiro antes de continuar.

—Veríamos un efecto dominó inmediato. Bancos y empresas de todo el mundo podrían enfrentar pérdidas significativas, lo que llevaría a una cadena de quiebras y una posible recesión global —Laura se detiene y mira a su interlocutor—. Hay algo más que quería mostrarte. He estado trabajando con Whitmore Technologies; ellos han desarrollado un software llamado SentinelAI. Este software tiene capacidades avanzadas para el análisis de flujos de datos y la inspección profunda de paquetes. Creo que podría ser nuestra mejor herramienta para identificar al topo dentro de la organización —dice Laura, presentándole a Francisco una presentación del software.

Francisco observa la pantalla mientras Laura explica las características del SentinelAI.

—SentinelAI puede monitorear y analizar grandes volúmenes de datos en tiempo real. Utiliza algoritmos de *machine learning* para detectar patrones anómalos y potenciales brechas de seguridad. Además, puede realizar inspección profunda de paquetes para identificar cualquier tráfico sospechoso que salga de nuestra red —explica Laura.

—Impresionante. ¿Quién más sabe de esto? —pregunta Francisco, visiblemente impresionado.

—Solo tú, yo y Greg Whitmore. Cabe aquí algunas aclaraciones: yo le pedí a Greg que me preparara este software a medida. Ambos hemos mantenido una relación amorosa seria por los últimos siete años. A raíz de esto, y también forma parte de los temas a tratar en esta charla, voy a mudarme con mi familia a Londres para compartir nuestras vidas con él y sus hijos. Mi pedido no fue específico para AGDC, ya que en ese momento no sabía lo que teníamos entre manos. Fue una sugerencia general porque era evidente que debíamos proteger nuestras redes de propios y ajenos. No lo estoy imponiendo, lo estoy sugiriendo porque ya está a disposición y tenemos una situación gravísima que atender.

—Laura, toda mi confianza está en ti. Hemos trabajado por años y nos conocemos muy bien. Celebro que hayas tenido la claridad mental para solicitar una herramienta que puede ser crucial para mantener operativos nuestros sistemas y nuestros procedimientos.

—Es crucial mantener este software en secreto, Francisco, para maximizar nuestras posibilidades de atrapar al topo. Cuantas menos personas lo sepan, mejor —responde Laura.

—Estoy de acuerdo. ¿Cuáles son los próximos pasos? —pregunta Francisco.

—Primero, necesitamos integrar SentinelAI en nuestras redes de manera discreta. Luego, comenzaremos a monitorear todos los flujos de datos y actividades internas. Estoy segura de que podremos identificar al traidor con este nivel de vigilancia —dice Laura, con determinación.

Francisco asiente, consciente de la necesidad de mantener operativa y libre de amenazas a la organización, así como de instrumentar y mantener al día los equipos que permiten el patrullaje cibernético.

—Laura, entiendo que esta situación ha puesto a todos en vilo. La responsabilidad es inmensa, casi como si lleváramos el peso de la humanidad sobre nuestros hombros. Pero confío en ti y en tu equipo para manejar esto. Según entiendo, este producto fue desarrollado por Whitmore Technologies, así que permíteme concertar una cita y conversar directamente con Greg Whitmore sobre este artículo. Si las condiciones son aceptables, introduciremos SentinelAI en nuestros sistemas y actualizaremos su potencialidad antes de que sea demasiado tarde —dice Francisco, con un tono de firme resolución.

Laura asiente; sabe que, con las herramientas adecuadas y la colaboración de todos, pueden enfrentar la amenaza y proteger la seguridad global.

—Gracias, Francisco —responde Laura, con determinación en su voz—. Y aunque no lo hayamos hablado explícitamente, necesito el traslado a la oficina de Londres cuanto antes.

—Dalo por aprobado; cuando lo determines, puedes moverte.

—Gracias, Francisco, profundamente agradecida. Whitmore Technologies queda en tus manos, yo salgo del tema.

Capítulo 21

Fin de semana en Buenos Aires es un premio tanto para Samuel como para Mila. Ambos disfrutan cada vez que arriban a la capital argentina porque, con la excusa de visitar a los abuelos, aprovechan para hacer compras, ir a algún espectáculo y descubrir, como turistas, las amenidades de la ciudad.

Los abuelos maternos viven en pleno barrio de Almagro, mientras que los paternos residen en Palermo, no muy lejos unos de otros. Así que Mila y Samuel se turnan para dormir una noche en cada hogar y compartir con los mayores.

Laura sabe que esta vez va a provocarles un profundo dolor cuando les cuente sobre los planes de mudanza. Las relaciones con los suegros se tensaron cuando Federico y ella decidieron mudarse a Uruguay, pero cuando Federico murió, entendieron que debían mejorar las relaciones por el bien de la familia y para tener a los nietos cerca, a pesar de la ausencia paterna. Federico era hijo único, y verlo partir a Uruguay con su familia fue un golpe para sus padres, un abandono del hogar y de los afectos.

Cuando murió tan joven, tuvieron que replantearse la relación familiar para no perder al resto de la familia. Laura dejó pasar todos los viejos reproches y se centró en cultivar una estrecha relación entre abuelos y nietos. Tampoco los padres de Laura estaban muy felices con su partida, porque, al igual que los otros abuelos, también ellos se quedaban solos en Buenos Aires. Este viaje iba a recordarles aquella partida, y les iba a ser más difícil de asimilar. Mayores distancias, menos reencuentros, mayor soledad a una edad más avanzada.

Samuel ha dormido en la casa de los abuelos paternos, en el cuarto que era de su papá, aún lleno de la presencia del único hijo y con los recuerdos de una vida llena de expectativas, truncada en la juventud. Samuel se despierta con los sonidos característicos de las calles de Buenos Aires: el botellero que recoge los reciclables y pasa con su característico clamor, el encargado del edificio lavando la acera y conversando con el encargado del edificio vecino, o algún residente madrugador que sale a comprar el pan recién horneado. Samuel tiene la intención de hablar con sus abuelos sobre la mudanza.

—Samuel, hijo, cómo me alegra verte y tenerlos a ambos aquí. ¿Cómo has dormido en la cama de tu papá? —pregunta el abuelo, levantándose lentamente de su silla para ir a prepararle el desayuno.

—Hola, abuelito querido. Estoy bien, gracias. Ya sé que mamá les contó sobre la mudanza a Londres, me imagino que eso no les cayó muy bien —responde Samuel, intentando mantener la calma.

—Sí, tu madre nos contó. No puedo creer que vayan a dejarnos aquí solos en Buenos Aires. La distancia entre aquí y Londres es enorme. Va a ser como una muerte lenta para nosotros —replica el abuelo, con voz triste y muy baja.

—¡Abuelo! Entiendo que estés preocupado, pero no es justo que nos pongas esa carga. Si papá estuviese vivo y lo mandaran a Singapur, ¿crees que dejaría pasar esa oportunidad? Mi mamá también tiene que seguir viviendo. Cuando nosotros nos vayamos, ella se va a quedar sola, y no queremos eso para ella, aunque egoístamente nos moleste que vaya a cambiar nuestra vida. Mamá ha sacrificado tanto por nosotros desde que papá murió. Ella merece ser feliz, y si estar con Greg en Londres le da esa felicidad, debemos apoyarla —explica Samuel, tratando de razonar con él y haciéndole ver que es duro también para ellos.

—Pero, Samuel, ¿no te das cuenta de lo que significa para nosotros? Ustedes son nuestra vida. La distancia será insuperable. ¿Cómo podremos verlos crecer? ¿Cómo podremos compartir momentos juntos? —insiste el abuelo, con la voz temblando ligeramente.

—Vamos a venir a visitarlos, abuelo. No es como si estuviéramos desapareciendo. La tecnología nos permite mantenernos conectados. Podemos hacer videollamadas, y vendremos siempre que podamos. Pero no puedes poner trabas a la mudanza. No puedes impedir que mamá recobre la felicidad que se merece —le responde Samuel, con firmeza.

—Es difícil para nosotros, Samuel. Me duele pensar en todo lo que nos perderemos —responde el abuelo, dejando escapar un suspiro.

—Lo sé, abuelo, y créeme que a nosotros también nos duele. Pero tienes que entender que necesitamos seguir adelante con nuestras vidas. Mamá ha estado tan dedicada a nosotros que ha olvidado su propia felicidad. Greg es bueno para ella, y esta mudanza podría ser una nueva oportunidad para todos nosotros. No podemos quedarnos atrapados por el miedo a la distancia —dice Samuel, su voz reflejando la seriedad de sus palabras.

—Es un cambio muy grande, Samuel. Me cuesta aceptarlo —admite el abuelo, mirando a su nieto con ojos llenos de lágrimas.

—Te entiendo, abuelo. Pero el amor y el apoyo no se miden por la distancia física. Siempre seremos familia, sin importar dónde estemos. Y te prometo que haremos todo lo posible por mantenernos cerca, aunque estemos lejos —asegura Samuel, tomando la mano de su abuelo.

—Espero que tengas razón, Samuel. No quiero que esto nos separe más de lo necesario —dice el abuelo, apretando ligeramente la mano de Samuel.

—No lo hará, abuelo. Vamos a estar bien. Y quiero que confíes en que esta es la mejor decisión para todos. Mamá necesita esto, y nosotros también. Vamos a construir una nueva vida, pero nuestra familia está en el corazón. No pienses mucho, abuelito, imagina que seguimos en Montevideo —dice Samuel, con una sonrisa tranquilizadora.

—Solo me queda esperar que no nos olviden. Y que vuelvan cada vez que puedan —responde el abuelo, su voz un poco más calmada.

—Abuelo, ustedes son muy importantes para nosotros. ¿Cómo podríamos olvidarlos? Y sí, vendremos siempre que podamos. Eso te lo prometo —dice Samuel con firmeza.

—Claro que nosotros queremos que sean felices, y estoy seguro de que Londres puede ser una excelente oportunidad para ambos, porque podrán acceder a los mejores centros educativos del mundo. Y sé que Laura va a impulsarlos a ser los mejores —concede el abuelo, sonriendo débilmente.

—Gracias, abuelo. Nosotros los queremos profundamente y no vamos a dejarlos solos. ¡Confía en mí, abuelito! —responde Samuel, con un abrazo apretado.

Capítulo 22

Durante el viaje de regreso a Montevideo, en el buquebús, Samuel y Mila observan el paisaje del río por la ventana, en un silencio pesado, con sus pensamientos aún atrapados en la visita a los abuelos. Finalmente, Samuel rompe el silencio, dirigiéndose a su madre.

—Mamá, los abuelos están realmente tristes. Tienen una sensación evidente de abandono, y es difícil ignorarlo —dice Samuel, con voz seria y preocupada.

Laura suspira, manteniendo los ojos en el paisaje fluvial mientras escucha a sus hijos.

—Lo sé, Samuel. Sé que es una situación difícil para ellos y para todos nosotros. No es fácil dejar atrás a la familia, especialmente sabiendo que se quedan solos —responde Laura, con la voz llena de empatía.

—Mamá, los abuelos sienten que los estamos abandonando. La abuela apenas pudo contener las lágrimas cuando hablábamos de la mudanza —añade Mila, reflejando en su tono su propio dolor y preocupación.

Laura asiente, con los ojos brillando con lágrimas no derramadas.

—Entiendo cómo se sienten, Mila. Y no es una decisión que hayamos tomado a la ligera. Mudarnos a Londres es una gran oportunidad para todos nosotros, y es algo que creo que necesitamos para seguir adelante y encontrar nuestra propia felicidad —explica Laura, tratando de encontrar las palabras adecuadas.

—Pero, mamá, ellos sienten que estamos rompiendo la familia. Dicen que la distancia será insuperable, y eso me hace sentir culpable por querer ir —confiesa Samuel, mirando a su madre con ojos llenos de conflicto.

—Samuel, es natural sentirse así. Y quiero que sepan que sus sentimientos son válidos. La familia siempre será lo más importante para mí, y nunca voy a permitir que esta mudanza cambie eso. Vamos a hacer todo lo posible para mantenernos conectados y visitarlos con frecuencia —asegura Laura, intentando consolar a sus hijos.

—¿Cómo vamos a mantenernos conectados, mamá? ¿Y si no es suficiente? —pregunta Mila, con los ojos llenos de incertidumbre.

—Usaremos la tecnología para mantenernos en contacto. Videollamadas, mensajes. Sé que no es lo mismo que estar allí con ellos, pero también los visitaremos. Y vendrán a Londres a vernos cuando quieran. Seguiremos esforzándonos por mantener nuestra conexión con ellos y cuando se pongan muy viejitos, veremos cómo hacer para que estén cómodos y bien —responde Laura, con una sonrisa tranquilizadora.

—Los abuelos también dijeron que esto será como una muerte lenta para ellos. Me rompe el corazón escucharlos decir eso —admite Samuel, con la voz temblando ligeramente.

—Lo sé, hijo. Sé que no te va a gustar escucharlo, pero eso también es una manipulación para hacernos sentir culpables. Todos tenemos una vida que vivir y debemos seguir adelante. Ellos también fueron jóvenes e hicieron su vida como la planificaron o como la vida les permitió. Yo tengo una nueva oportunidad de ser feliz con una pareja, y ustedes tienen la oportunidad de experimentar nuevas cosas y crecer en un entorno diferente, en un país lleno de posibilidades —responde Laura, con una voz firme pero cariñosa.

—Pero, ¿y si no se adaptan? ¿Y si siempre se sienten abandonados? —insiste Mila, buscando respuestas que calmen su mente inquieta.

—Mila, no puede haber nada peor para ellos que haber perdido a tu papá, su único hijo. Si lograron superar esa situación y, aun con tanto dolor, recomponer sus vidas, no me queda duda de que podrán superar este distanciamiento físico. Vamos a estar ahí para ellos, Mila. No vamos a dejarlos solos. Les prometo que haremos todo lo que esté en nuestra mano para que se sientan queridos y apoyados, incluso desde la distancia. Y recuerden, esto es una nueva oportunidad para todos nosotros, no solo una pérdida —dice Laura, apretando suavemente la mano de Mila.

—Mamá, aunque sabemos que quieres lo mejor para todos nosotros, para los abuelos va a ser difícil entenderlo. Según lo que escuché y lo que entendí de sus palabras, creo que siempre vas a aparecer como la culpable de este distanciamiento. Espero que puedas con esta carga —dice Samuel, con un tono más conciliador.

—Démosles tiempo. Es un gran cambio, y necesitan procesarlo, especialmente porque saben que es una decisión tomada y no hay vuelta atrás. Mientras estuvimos allí, todo lo que hicieron fue tratar de hacernos desistir; cuando vean que seguimos adelante, lo aceptarán. Con el tiempo, ellos verán los beneficios y apoyarán nuestra decisión. Vamos a trabajar juntos para que esta transición sea lo más suave posible para todos —concluye Laura, sintiendo una mezcla de rabia y esperanza.

Capítulo 23

Lunes temprano, en la oficina, Takeshi Nakamura solicita una reunión privada con Laura.

—Laura, el tema es muy serio y preocupante. Disculpa lo que voy a decir; no es que no confíe en el equipo de AGDC, pero he llegado a la conclusión de que tenemos un topo entre nosotros.

—Bueno, Takeshi, uno menos de quien desconfiar —responde Laura con una sonrisa en los labios.

—¿Tú también te diste cuenta de que están usando nuestros atajos?

—Sí, Takeshi, lo que me hace pensar que han contactado a nuestra gente ofreciendo mucho dinero o grandes promesas. Si no te contactaron a ti, debe haber alguna razón. Comencemos a analizar por ahí y a preguntar discretamente quién recibió alguna sugerencia, sin mostrar o revelar lo que estamos buscando.

Laura se levanta del escritorio, se coloca sus auriculares y comienza a caminar por su oficina con pasos firmes, mientras su mente la arrastra a un torbellino de emociones. Es imposible liberarse de esa sensación de traición que la obliga a desconfiar de sus subordinados. Al mismo tiempo, la embarga la tristeza por haber llegado a tan deplorable conclusión.

—Takeshi, no puedo creer que estemos lidiando con esto —dice Laura, observando a Takeshi en la pantalla en la pared, frente a ella—. ¿Un topo dentro de AGDC? Nunca pensé que alguien de nuestro equipo pudiera traicionarnos así.

Takeshi asiente con gravedad:

—Lo sé, Laura. Es un golpe tremendo, y yo también lo siento. Un golpe duro para todos nosotros. Pero necesitamos mantener la calma y enfocarnos en descubrir cómo los ciberdelincuentes pudieron haber captado a nuestro colega y cómo podemos desactivarlo sin que sospeche.

—Takeshi, dame tus sugerencias. ¿Qué estás o estuviste pensando? ¿Por dónde empezamos? Me alegra no estar sola en esto, porque me costaría más tiempo analizar por dónde comenzar. Ante todo, debo comentarte que le encargué a Marcus Li, sin hacerle aclaraciones, que realice un análisis exhaustivo de los sistemas y me pase sugerencias y comentarios. Él es un buen analista e investigador, así que podremos confiar en su experiencia y hallazgos. Lo mismo pienso hacer con Derek Bauer. Debo afirmarme en aquellos en quienes confío. Nuestras sospechas quedan aquí, y el único a quien informé es a Francisco Ramírez Cuello, por supuesto.

—Laura, estuve analizando varias tácticas que los ciberdelincuentes pudieron haber utilizado —dice Takeshi, tomando un respiro y mirando fijamente la pantalla—. Podrían haber usado [15]ingeniería social para manipular emocionalmente a un empleado. También existe la posibilidad de extorsión; si tienen información comprometida sobre alguien, podrían haberlo obligado a cooperar bajo amenaza. No podemos descartar la infiltración y que AGDC haya contratado a alguien que entró específicamente para este propósito. Y, por supuesto, los sobornos siempre son una posibilidad.

Laura asiente lentamente, absorbiendo cada palabra mientras la rabia burbujea debajo de la superficie. Pensar que uno de sus propios compañeros podría haber sido comprado le revuelve el estómago. Se queda en silencio, analizando las palabras de Takeshi. Considerar que un empleado de la Agencia Global Contra el Delito Cibernético, una corporación de alto nivel especializada en ciberseguridad y defensa tecnológica, cuya tarea es enfrentar amenazas de ciberdelincuentes y proteger infraestructuras críticas a nivel mundial, pueda caer en la manipulación de la ingeniería social —ya sea [16]phishing,

---

[15] La ingeniería social es el arte de engañar a las personas para que revelen información confidencial o realicen acciones que comprometen su seguridad.

[16] técnicas de engaño usadas para obtener información confidencial. **Phishing** se basa en correos o mensajes falsos, **pretexting** en inventar historias para ganar confianza, y **baiting** en atraer a la víctima con promesas falsas.

pretexting o baiting— indica que fallaron en el reclutamiento del personal.

Laura decide descartar la ingeniería social y tomar otro camino de investigación.

—Takeshi —dice Laura, levantando la cabeza que estaba inclinada sobre su pecho en reflexión, y mirando a la cámara—, ¿cómo piensas que podemos identificarlos? ¿Cómo lo encontramos entre nosotros?

—Debemos monitorear el comportamiento de todos. Revisar registros y patrones de actividad en los sistemas de AGDC para detectar comportamientos anómalos. Llevar a cabo, discretamente, entrevistas con empleados clave, formulando preguntas indirectas para evaluar posibles indicios de coerción o colaboración. Y, por supuesto, usar un software de análisis para examinar correos electrónicos y mensajes internos en busca de señales de contacto con actores externos sospechosos. Estamos buscando a un profesional, por lo tanto, hay pasos que pueden resultar superfluos, pero que debemos realizar porque hasta el profesional más apto y preparado puede cometer una estupidez.

Laura se pasa una mano por el cabello, desilusionada. La idea de sospechar de sus propios compañeros la llena de tristeza y rabia.

—Es frustrante creer que alguien de nuestro equipo... alguien en quien confiábamos... pudiera hacer algo así. Pero, sin duda, tenemos que hacerlo.

Takeshi, con tono más suave y compartiendo el dolor implícito de estas acciones, trata de seguir desmenuzando el tema:

—Entiendo cómo te sientes, Laura. Es un verdadero golpe. Debemos ser meticulosos. Creo que ante todo debemos enfocarnos en quiénes tienen acceso a sistemas críticos. Revisar las credenciales y permisos de todos los empleados de seguridad. Auditar las actividades para identificar cualquier acción sospechosa y aumentar la vigilancia en áreas sensibles.

Laura asiente, abrumada por la realidad. No va a revelar los planes de AGDC y el SentinelAl porque es información reservada, pero en esta conversación se convence de que el software de Whitmore Technologies los va a liberar del 80 % de las actividades de rutina que realizan, para obtener una acertada detección avanzada de amenazas, análisis forense y, entre otras cosas, una respuesta automatizada a incidentes. Una cúpula protectora sobre las operaciones.

—¡Así es! Y respecto a los actores externos, ¿qué puedes decirme? ¿Cómo los identificamos?

Takeshi toma un respiro profundo.

—Tenemos varias posibilidades, Laura. Utilizar plataformas de inteligencia de amenazas para identificar posibles actores conocidos por ataques similares. Trabajar en estrecha colaboración con agencias de seguridad para compartir información y obtener datos sobre posibles amenazas. Implementar sistemas avanzados de monitoreo de red para detectar patrones de tráfico inusuales que puedan indicar preparativos para un ataque. Realizar pruebas de penetración y simulación de ataque para identificar y reforzar posibles puntos débiles y observar desde esa posición para descubrir las operaciones externas.

Laura siente una chispa de esperanza en medio de su desesperación. Takeshi es meticuloso y determinado. La providencia lo puso en este camino. Si alguien puede resolver esto, es él.

—Gracias, Takeshi. No te imaginas la tranquilidad que me trae hablar contigo y saber que eres mi socio en esta búsqueda. Sé que esto no será fácil, pero confío en que juntos podremos encontrar al responsable y proteger a AGDC.

—Lo haremos, Laura. No va a ser fácil, pero yo confío plenamente en ti y voy a poner todo mi intelecto para resolver este problema —responde Takeshi con determinación, mientras a través de la pantalla transmite gestos de confianza y determinación, tanto con sus brazos como con su sonrisa.

Laura se siente fortalecida por esta conversación, lista para los desafíos que vienen. Aunque la traición es dolorosa, hay personas muy valiosas a su lado que la ayudarán a superar el ataque y proteger lo que tanto valoran.

Capítulo 24

Laura siente que, después del regreso de Buenos Aires y las conversaciones con los abuelos, tanto Samuel como Mila están retraídos y nada entusiasmados con los cambios que vienen. Los padres de Federico han plantado una semilla en ambos, que encontró terreno fértil para germinar. La reticencia de ambos al cambio y las culpas que sembraron en ellos los dos pares de abuelos han convertido los días en reclamos, juicios y pleitos diarios.

Laura se acomoda en el sofá del apartamento de Oriana, saboreando un café recién hecho. El reflejo del sol penetra a través de las pesadas cortinas de la acogedora sala. Oriana, siempre elegante y serena, se sienta frente a ella, con una sonrisa expectante en el rostro.

—Oriana, he estado pensando en algo y quisiera saber tu opinión.

—Dime, Laura, ¿qué tienes en mente? —Oriana inclina su cuerpo hacia adelante, a la espera de los comentarios de su amiga, sabiendo que ha venido a relajarse y liberar su mente, siempre en constante actividad.

Laura toma un sorbo de su café, el aroma del grano tostado

llenando sus sentidos mientras reúne sus pensamientos.

—Samuel y Mila tienen sentimientos encontrados respecto a la idea de mudarnos a Londres. El viaje a Buenos Aires y la presión de los abuelos los dejó muy desorientados. Siento que no pueden visualizar los beneficios del cambio y lo bueno que puede traer. ¿Qué te parecería si los llevara de viaje a Londres? Podría mostrarles la ciudad, las escuelas, los parques… todo lo que podría ser su nueva vida. Creo que sería una buena manera de materializarlo, de hacer que se entusiasmen de verdad.

—Me parece una idea fantástica, Laura. —Oriana, quien quiere profundamente a Laura, le toma la mano y le expresa en su contacto y apretón la fuerza para llevarla a la decisión final—. Los chicos necesitan ver y experimentar para creer. Es una gran oportunidad para que conozcan su futuro hogar. ¿Ya tienes algo planeado?

—No tengo nada planeado, se me acaba de ocurrir y realmente creo que este viaje podría hacer una gran diferencia para Samuel y Mila. Quiero que se sientan seguros y emocionados con la mudanza, no solo porque lo decimos nosotros, sino porque lo han vivido y les ha encantado. —Laura se queda momentáneamente en silencio, observando a Oriana—. Oriana, si algo voy a extrañar cuando nos mudemos, es tu presencia constante, tu amistad y tu apoyo. Quisiera llevarte conmigo porque eres más que una amiga, eres mi hermana. Siempre has estado junto a nosotros, en los momentos buenos y en los difíciles, y tu sabiduría y compañía han sido invaluables. No sé cómo voy a arreglármelas sin nuestras charlas interminables y tu sonrisa, que ilumina incluso los días más grises. Eres mi roca, mi confidente, y pensar en estar lejos de ti me hace sentir una tristeza inmensa.

Laura se incorpora, toma ambas manos de Oriana, la levanta de su poltrona y la abraza apretadamente, expresando en ese gesto el amor, respeto y agradecimiento por su amistad.

Laura decide pedir una semana libre en AGDC para viajar con ambos a Londres y presentarles la nueva realidad indiscutible. Se compromete, de todas formas, a estar activa en la oficina de Londres y pendiente de los últimos eventos.

Aunque Greg le ha pedido que se hospeden en su casa de Chiswick, Laura decide, por la armonía familiar, alquilar un pequeño apartamento en Paddington, cerca de las oficinas de AGDC y de Industrias Whitmore, para avanzar paulatinamente con los cambios.

Laura se despierta temprano, a pesar de que arribaron muy tarde en la noche. El sol apenas asoma por las ventanas del pequeño apartamento que han alquilado en Paddington. Sus hijos aún duermen profundamente, sus rostros tranquilos en contraste con las tensiones que han marcado las últimas semanas. Laura los mira por un momento, sintiendo una mezcla de amor y preocupación. Sabe que el cambio no será fácil para ellos, pero la decisión está tomada y no tienen más opciones que aceptar lo que viene. Debido a la decisión intempestiva, Greg decide no suspender un viaje de negocios a Francia, pero sí adelantar su regreso.

Laura se viste silenciosamente y se dirige a la cocina para preparar el desayuno. Mientras el café burbujea y los croissants, que les dejaron en el congelador, se calientan en el horno, piensa en las próximas horas. Hoy llevará a Samuel y Mila a conocer la casa de Greg y sus hijos, un paso importante para que se familiaricen con su nueva realidad. Laura confía en que este viaje les ayudará a aceptar el cambio y ver las cosas desde una perspectiva más positiva.

Con el desayuno listo, despierta suavemente a sus hijos. Samuel gruñe y se retuerce en la cama, mientras Mila se sienta y la mira con ojos adormilados.

—Buenos días, a levantarse para vencer el jet lag que nos va a acompañar por unos días, quizás hasta que regresemos y luego nuevamente. Hoy es un día bastante soleado y vamos a caminar un poco por Paddington para que conozcan dónde estamos y la oficina de AGDC. Luego vamos a Chiswick, a la casa de Greg —dice Laura con una sonrisa alentadora.

Samuel solo murmura algo inaudible, mientras Mila suspira profundamente. Laura decide no presionarlos más y los deja desayunar en silencio. Sabe que es mejor evitar estas situaciones. Las palabras no bastarán para disipar sus temores y dudas; el tiempo y las experiencias podrán hacerlo.

Después del desayuno, se preparan para salir. Laura toma su bolso y les pide a Samuel y Mila que se pongan sus chaquetas. Salen del apartamento y bajan por las escaleras hasta la calle.

Paddington está lleno de vida esa mañana. Los cafés comienzan a llenarse de clientes, y las tiendas abren sus puertas. Laura guía a sus hijos por las aceras, disfrutando del bullicio del lugar. A medida que avanzan, el ruido del tráfico disminuye y es reemplazado por el sonido más tranquilo del agua al llegar a Paddington Basin.

—Miren, chicos, ahí está el canal —dice Laura, señalando el agua brillante bajo el sol.

Samuel y Mila miran con curiosidad mientras se acercan a la orilla. Los botes están amarrados a lo largo del canal, y algunas personas pasean tranquilamente por los senderos. Laura respira profundamente, sintiéndose agradecida por este momento de calma.

Comienzan a caminar a lo largo del canal, disfrutando del paisaje. Laura se da cuenta de que Samuel y Mila se relajan poco a poco; su tensión va dando paso a una curiosidad tranquila y natural. Pasan junto a modernos edificios de oficinas y restaurantes con terrazas, donde las personas disfrutan de sus desayunos al aire libre.

—Este lugar es muy bonito, mamá —dice Mila, mirando los barcos que pasan lentamente por el canal.

—Sí, lo es. Espero que podamos venir aquí a menudo —responde Laura, sonriendo.

Caminan un poco más, llegando a un área donde el canal se ensancha y forma una pequeña cuenca. Hay bancos y jardines bien cuidados, y Laura sugiere que se sienten un rato. Samuel invita a Mila a investigar más allá, mientras ella se relaja en el lugar. Por primera vez en semanas, siente que están disfrutando del cambio. La belleza tranquila de Paddington Basin y el goce de sus hijos le dan una chispa de esperanza.

Después de un rato, Samuel y Mila regresan con ella, sus rostros iluminados por sonrisas.

—¡Ya sabemos dónde venir a explorar! —le comenta Samuel.

—Hay mucho para ver en esta ciudad fascinante —responde Laura, contenta de verlos felices.

Deciden seguir caminando un poco más, explorando cada rincón del canal. Laura se siente más optimista sobre su nueva vida en Londres. Quizás, con el tiempo, este lugar se convierta en un hogar para todos ellos.

De regreso, Laura les sugiere que la acompañen y conozcan la oficina donde va a trabajar en Londres. Aunque sus hijos han visitado grandes ciudades, se maravillan ante el complejo. Los edificios atraen la atención con su arquitectura contemporánea, con fachadas de vidrio y acero que brillan bajo la luz del sol. Las líneas limpias y las superficies lisas aportan una sensación de sofisticación al estar enclavados en medio de plazas bien diseñadas con áreas de descanso, bancos y jardineras llenas de plantas y flores. Estos espacios verdes ofrecen un respiro tranquilo en medio del bullicio del centro de negocios. Las amplias entradas, rampas y múltiples puntos de acceso desde las calles circundantes y el canal facilitan el flujo de personas.

Las oficinas de AGDC son espaciosas y luminosas, con paredes de vidrio que permiten vistas panorámicas del canal y el entorno urbano. Las áreas comunes del edificio están diseñadas para la comodidad de los visitantes y el personal, con salas de reuniones bien equipadas, zonas de descanso y cafeterías.

Samuel y Mila quedan impresionados por el ambiente y las vistas. Mientras Laura entra a saludar y conversar con sus pares, ellos se dirigen a las máquinas para servirse bebidas y golosinas.

—Ya estoy lista. Hoy no es día de trabajo, solo una visita protocolar para que ustedes conozcan dónde estará mi oficina y saludar a los compañeros con los que comparto tantas actividades y horas online.

—¿Y ahora qué vamos a hacer? —pregunta Mila, sabiendo que en algún momento van a conectar con Greg y su familia, y eso no la deja muy satisfecha.

—Greg está llegando de Francia a su oficina. Salió de París tempranito, llegó a St. Pancras International —allí donde tú quieres ver la plataforma de Harry Potter— y se tomó el metro hasta Paddington. Así que vamos a encontrarnos con él en su oficina y luego vamos a ir juntos a su casa en Chiswick.

Salen del edificio donde están ubicadas las operaciones de AGDC y se dirigen a un edificio cercano, donde tiene sus oficinas Whitmore Technologies. En la recepción, se anuncian.

—Hola, venimos a ver a Greg Whitmore. ¿Podría informarle que Laura Trend ha llegado?

La recepcionista les sonríe y hace una llamada rápida. En pocos minutos, Greg aparece, sonriente y con una energía contagiosa.

—¡Laura, Samuel, Mila! Qué gusto verlos. Bienvenidos —dice Greg, saludando a Laura con un beso en la mejilla y ofreciendo un cálido abrazo a Samuel y Mila.

—Hola, Greg. Luces cansado, se nota que tuviste que madrugar bastante —dice Laura con un tono empático, mientras le acaricia suavemente la espalda—. Quería que los chicos vieran dónde estará mi oficina y que se familiarizaran un poco más con el entorno.

Mientras Greg les da un breve recorrido por su oficina, Samuel y Mila observan el ambiente con curiosidad. Los distintos departamentos y laboratorios donde desarrollan y trabajan con inteligencia artificial son extraordinariamente fascinantes y tanto Mila como Samuel recorren los lugares sobrecogidos por la experiencia. Laura y Greg observan las reacciones con satisfacción.

Greg recoge su pequeña mochila, salen de la sede de Whitmore Technologies y se dirigen los cuatro juntos a la estación de metro. Greg lleva a Laura tomada de la cintura, mientras Mila y Samuel caminan pegados a su madre. El ambiente en Paddington está lleno de movimiento, con gente yendo y viniendo en todas direcciones. Greg y Laura se ven relajados y disfrutando mientras los más jóvenes caminan tensos.

—Vamos a tomar la línea Hammersmith & City hasta Hammersmith y luego cambiaremos a la línea District hacia Chiswick Park —dice Greg, liderando el camino hacia la entrada del metro—. Les voy diciendo estos nombres que mientras tanto no les dicen mucho, pero que pronto pasarán a ser parte de vuestra rutina.

Durante el viaje en el metro, Samuel y Mila permanecen en silencio, observando a los pasajeros y el entorno. Laura, que tiene a Greg sentado a su lado y sosteniéndole la mano, los mira de vez en cuando, preocupada pero esperanzada de que eventualmente acepten su nueva realidad y se adapten. La vista de los túneles del metro y la vibrante vida subterránea de

Londres es nueva para ellos, y aunque no lo demuestran, están impresionados.

Al llegar a Chiswick Park, suben las escaleras mecánicas y salen a la superficie. El contraste con el bullicio de Paddington es notable. Chiswick es más tranquilo, con calles arboladas y casas elegantes. Caminan unos minutos hasta llegar a la casa de Greg, una espaciosa y luminosa residencia con un jardín bien cuidado y una amplia camioneta SUV al frente.

—Bienvenidos a vuestro nuevo futuro hogar. Como ven, a pesar de contar con un vehículo a disposición, en Londres nos movilizamos en transporte público —dice Greg, abriendo la puerta y dejándolos pasar.

Samuel y Mila observan el lugar con curiosidad. La casa es acogedora, con decoraciones modernas y mucho espacio para moverse.

—Les presento a Mildred, nuestra ama de llaves, quien nos ha permitido una vida bastante cómoda a pesar de las difíciles circunstancias. Mildred, le presento a mi prometida Laura Trend y a sus hijos Samuel y Mila.

—Encantada, Mildred. Su fama la precede —comenta Laura con una cálida sonrisa, estrechándole la mano, mientras Mildred, sonrojada, baja la cabeza.

—James y Sophia aún no han llegado, pero no tardarán. Estaban sumamente emocionados de reencontrarse con ustedes aquí —termina Greg, justo cuando se abre la puerta y Sophia corre a abrazar a Mila, mientras James hace lo propio con Samuel.

Los adolescentes se abrazan y Laura nota un cambio absoluto en su actitud, como si los reproches, el malestar y las recriminaciones no hubieran tenido cabida en las horas y días previos.

—Vamos a conocer la casa y luego podemos aprovechar el jardín —sugiere Greg, guiando a todos hacia los otros ambientes.

Mientras recorren las habitaciones, Laura observa cómo Samuel y Mila se relajan. James y Sophia se esfuerzan por hacerlos sentir bienvenidos, compartiendo conversaciones sobre temas que les interesan y de los que charlaron con anterioridad.

Mientras los jóvenes comparten en la sala de juegos, Greg arrastra a Laura a su habitación, cerrando la puerta con llave. Apenas ingresan, la envuelve en sus brazos y la besa apasionadamente, mientras Laura se aferra a su cuello y se deja seducir. Un beso apasionado se desata con una urgencia que ambos han contenido durante demasiado tiempo. Sus labios se encuentran con una mezcla de suavidad y fuerza, explorándose con una necesidad que se vuelve cada vez más intensa. Las manos se deslizan por el cuerpo del otro, atrayéndolo más cerca, mientras sus respiraciones se entrelazan en un ritmo compartido. El mundo alrededor se desvanece, dejando solo el calor y la electricidad de su conexión. El beso se profundiza, las lenguas danzan en una sinfonía pasional. Cada caricia, cada suspiro, es una declaración de deseo mutuo. Nada más importa en este momento, solo ellos dos entregándose por completo a la intensidad de estar unidos.

Minuto tras minuto, el beso se alarga, volviéndose cada vez más profundo, más voraz. Deseando saciar esa sed que los consume. Las respiraciones se entrecortan, necesitan sentirse, necesitan fundirse mutuamente.

Cada beso, cada suspiro, es una promesa, un intercambio profundo de pasión y deseo. Sus labios se mueven en una danza sincronizada, cambiando de ritmo entre lo tierno y lo fervoroso, saboreando cada segundo como si fuera eterno. El tiempo se diluye, y aunque pasan minutos, el deseo no disminuye, sino que crece, llevándolos a perderse en la intensidad de su mutua entrega. Finalmente, y con gran esfuerzo, se separan, jadeantes, las miradas nubladas por el deseo. Sonriendo con complicidad, sabiendo que este beso es solo el comienzo de una noche llena de pasión e intimidad.

—¿Cómo están llevando el cambio? —pregunta Greg.

—Ha sido difícil. Los abuelos en Buenos Aires plantaron muchas dudas y culpas en ellos. Pero creo que este viaje es un paso en la dirección correcta —responde Laura, mientras baja sus brazos hasta la espalda de Greg y lo observa con pasión y ternura, sin poder creer la bendición de haberlo encontrado y de poder comenzar una nueva vida junto a él.

—Lo entiendo. Dales tiempo. Están en un proceso de aflicción, adaptación y superación —dice Greg, colocándola a lo largo de su cuerpo y haciéndola sentir sus emociones reflejadas en todos sus miembros.

—Greg, no podemos aún —Laura lo mira a los ojos con una amplia sonrisa—. Debemos ocuparnos de los más jóvenes. Pero podemos tratar que ellos se queden esta noche juntos y nosotros nos vamos al apartamento a celebrar un recibimiento.

—Me haces falta, Laura. Te necesito siempre y esta noche voy a demostrarte cuánto —susurra Greg con una intensidad que hace que el corazón de Laura lata más rápido—. Esta noche será solo para nosotros. No puedo esperar para celebrar nuestro reencuentro de la mejor manera posible. ¡Qué locura! Siete años dejamos pasar sin estar totalmente juntos.

Al mirar por la ventana y ver a sus hijos riendo con James y Sophia, Laura sabe que la decisión es acertada para todos y que ellos agradecerán en algún momento de su vida esta oportunidad.

Capítulo 25

A la tarde, Samuel y Mila vuelven con Greg al apartamento, recogen un morral cada uno y regresan a Chiswick para salir con James y Sophia a una pizzería y luego dormir en la casa de ellos.

Greg permanece con Laura en el apartamento y la lleva a la mañana a su casa. Los Whitmore salen a trabajar y al colegio, mientras los Trend se encaminan hacia Covent Garden y las atracciones del centro de Londres.

Laura, Samuel y Mila salen del *tube*[17] frente a la Galería Nacional. El bullicio de Trafalgar Square los envuelve mientras se adentran en la vibrante atmósfera de Londres. A su alrededor, turistas y locales se mezclan, disfrutando de las atracciones, los artistas callejeros y el esplendor arquitectónico.

Frente a ellos, malabaristas y acróbatas realizan espectáculos bien preparados, arrancando aplausos y risas de la multitud. Samuel se detiene por un momento, fascinado por un grupo de bailarines de *breakdance* que ejecutan movimientos intrincados y coreografías artísticamente atractivas. Mila toma una foto con

---

[17] El 'Tube' es el sistema de trenes subterráneos que conecta la ciudad, también conocido como el metro de Londres.

su teléfono, capturando el momento para su colección de recuerdos de viaje.

—Vamos por aquí —dice Laura, señalando una calle lateral que bordea la Galería Nacional. El camino los lleva a una vía más tranquila, alejada del ajetreo principal, pero llena de encanto. Mientras caminan, observan pequeñas tiendas y cafés que ofrecen una muestra más íntima de la vida londinense.

La angosta vía desemboca en el famoso mercado de Covent Garden, donde son recibidos por el sonido vibrante de músicos callejeros tocando melodías cautivadoras y el embriagante aroma de la comida recién hecha, desde el pan recién horneado hasta las especias exóticas de los puestos de comida internacional. El mercado, con su mezcla de tiendas, puestos de artesanía y actuaciones en vivo, es un festín para los sentidos. Los colores vivos de las frutas y verduras frescas, la textura crujiente de los panes artesanales y el sabor dulce de las golosinas crean una experiencia sensorial inigualable.

Samuel, mientras tanto, se interesa por un puesto que vende camisetas y recuerdos únicos de Londres. La suave textura de las telas y los diseños creativos llaman su atención. Laura sonríe, contenta de ver a sus hijos disfrutar de la experiencia. En el mercado, Samuel encuentra un puesto de fotografías antiguas y se detiene a observar una colección de imágenes de Londres a lo largo de los años, escuchando el suave crujido de las fotos antiguas al pasar las páginas. Mila, por su parte, se enamora de un colgante de plata en forma de Big Ben, cuyo brillo reluce bajo las luces del mercado, y busca con la mirada a Laura para que se lo compre.

Laura se ha detenido y, apoyada contra la pared, responde una llamada en su *smartphone*. En su cara se lee el desconcierto al ver un número desconocido y escuchar una voz que quiere corroborar si ella es Laura Trend.

—Hola, sí, soy Laura Trend. ¿Con quién hablo?

—Aquí el inspector James Carter de Scotland Yard. Lamento molestarla, pero necesitamos que se presente inmediatamente en la estación para una entrevista.

Laura queda anonadada, pero supone que evidentemente debe haber algo relacionado con los recientes eventos en AGDC y el ataque de ciberdelincuentes a los centros financieros de Singapur, Suiza, Andorra y Nueva York.

—Inspector Carter, estoy en Londres de visita con mis hijos y estoy enseñándoles algunas de las atracciones. ¿Podríamos combinar en algún otro momento?

—Entiendo su sorpresa, señora Trend, pero es un asunto urgente relacionado con una investigación en curso. Es imperativo que hablemos con usted cuanto antes. Necesitamos su presencia inmediatamente.

—Inspector Carter, estoy de vacaciones aquí en Londres, y los asuntos de trabajo quedaron en manos de personas muy responsables en la organización. Con gusto pudiera cooperar con ustedes, pero déjeme concertar una cita en otro momento —responde Laura, un poco molesta, mirando a sus hijos que se han acercado y la observan con ojos inquisitivos. Otro tema más para que ellos se fastidien con su trabajo y su dedicación.

—Señora Trend, usted no me entiende. No se trata de su trabajo, sino de usted particularmente.

—¿Investigarme a mí? No he hecho nada. ¿Perdón? No entiendo. ¿De qué se trata esto? —La cara de Laura se transforma, sus ojos se agrandan cada vez más, no entiende. Mira a sus hijos tratando de transmitirles tranquilidad, pero sus rasgos están transfigurados.

—Es crucial que aclaremos ciertos detalles lo antes posible. Nuestra prioridad es resolver esta situación rápidamente. Por favor, presente su identificación al llegar y la atenderemos de inmediato.

—Esto es muy desconcertante. ¿Podría decirme al menos sobre qué tema es la investigación?

—Lamentablemente, no puedo darle detalles por teléfono; le explicaremos todo en persona apenas llegue.

—Está bien. Indíqueme la dirección, voy para allá ahora mismo.

—Estamos en 10 Broadway, Westminster. Si está en Covent Garden, puede venir caminando, no es muy lejos.

Laura les explica a Samuel y Mila, quienes le devuelven miradas fastidiadas, pero ninguno abre la boca y todos siguen las instrucciones de Google para caminar hacia Scotland Yard. Samuel comenta que, dentro de todo, es muy interesante conocer el Cuartel General de Scotland Yard; tal vez puedan ver al inspector Lestrade y al inspector Gregson, los referentes de Sherlock Holmes en esa fuerza.

Capítulo 26

—Buenas tardes, señora Trend. Soy el inspector Carter. Gracias por venir tan rápidamente. Por favor, tome asiento.

—Buenas tardes. ¿Puede decirme qué está pasando? Recibí una llamada muy alarmante.

—Lamentablemente, tengo que informarle que está siendo investigada por su posible participación en una serie de delitos graves, incluyendo fraude financiero, blanqueo de dinero y conspiración criminal. Este tema lleva varios días y ayer fuimos informados por migraciones que ingresó al Reino Unido.

—¿Qué? ¡Eso es imposible! Yo no he hecho nada de eso. Estoy aquí de vacaciones con mis hijos —Laura lo mira azorada, con la cara roja de ira, y gira la cabeza para mirar a sus hijos con desesperación.

—Entiendo su sorpresa, pero hemos encontrado pruebas que la implican directamente en estas actividades. Permítame mostrarle algunos documentos.

El inspector abre la carpeta y le muestra a Laura copias de contratos, transferencias bancarias y correspondencia electrónica. Laura toma la carpeta y observa con detenimiento cada hoja y documento.

—Esto no puede ser. Estas firmas... parecen mías, pero yo no he firmado nada de esto. Nunca he visto estos documentos antes.

—Los documentos incluyen transferencias bancarias a cuentas en paraísos fiscales y contratos vinculados a actividades ilegales. Todos están supuestamente firmados y autorizados por usted.

—¡No puede ser! Alguien debe haber falsificado mi firma. Nunca he estado involucrada en nada de esto. Soy una persona honesta.

—¿Ha perdido recientemente su identificación o ha tenido alguna brecha en la seguridad de sus datos personales?

—No que yo sepa. Todo estaba en orden cuando salí de casa. Esto debe ser algún tipo de error o suplantación de identidad.

Laura se recuesta en el asiento, cierra los ojos y se toma unos segundos para ordenar sus pensamientos.

—Inspector Carter, yo soy directora de Operaciones de Ciberseguridad Internacional en la Alianza Global para la Defensa Cibernética (AGDC), de la que seguramente ha escuchado hablar. Mi trabajo es descubrir y luchar permanentemente contra delincuentes cibernéticos. De hecho, en este momento estamos tratando de descubrir y bloquear a una banda que ha tratado de impedir las operaciones de los centros financieros de Suiza, Andorra, Singapur y Nueva York. No dudaría que, sabiendo mi posición dentro de AGDC, estén tratando de bloquearme y sacarme del juego. Le pido que, por favor, confirme con el inspector Dubois en la central de Interpol en Lyon, Francia, con quien he estado en contacto respecto a esta situación.

—Lo que dice es posible. Sin embargo, debido a la seriedad de las acusaciones y la evidencia presentada, necesitamos proceder con cautela. Lamentablemente, no podemos dejarla ir mientras investigamos más a fondo. Será detenida hasta que podamos aclarar su situación.

—Pero mis hijos... ¿Qué pasará con ellos? No puedo dejarlos solos. Permítanme comunicarme con mi prometido para que venga a buscarlos —Laura entiende que no puede cambiar la resolución ya existente y decide involucrar a Greg para que contacte a sus superiores de AGDC y se haga cargo de sus hijos.

—Entiendo su situación, señora Trend. Sí, puede hacer una llamada. Por favor, siga por aquí.

Laura es llevada a una sala con un teléfono. Frente a él, se da cuenta de que no tiene ni idea de los números de teléfono y comienza a llamar desesperada al inspector Carter para que le entreguen su *smartphone* y poder leer los números de Greg allí registrados y memorizarlos.

—¿Hola?

—¡Greg! Soy Laura —responde con voz baja y quebrada.

—¡Laura! ¿Dónde estás? ¿Qué está pasando?

—Greg, estoy en Scotland Yard. Me han detenido y me acusan de fraude financiero, blanqueo de dinero y conspiración criminal.

—¿Qué? ¡Qué locura es esa! ¿Cómo ha pasado eso?

—Supongo que la misma banda de ciberdelincuentes que estoy bloqueando después del ataque a los centros financieros está tratando de sacarme del juego. Todo parece ser una suplantación de identidad. Necesito que vengas a buscar a Samuel y Mila. No pueden quedarse solos.

—Por supuesto, ya salgo para allí. ¿Me comunico con tu oficina? Dame nombres.

—Sí, necesito que llames a mi gente aquí en Paddington y les expliques lo que está pasando. Diles que deben hablar con Takeshi Nakamura en Tokio. Él está involucrado y sabe cómo manejar estos asuntos, así como Roberto Medina en Montevideo.

—Entendido. ¿Y qué pasa con tu defensa?

—Cuando contactes a AGDC, diles que activen el departamento legal. Necesito salir rápidamente porque tenemos un topo dentro de la organización, pero no puedo decirlo en voz alta. Los únicos que lo saben son Takeshi y Francisco Ramírez Cuello.

—Lo haré, Laura. No te preocupes, vamos a solucionar esto. Estaré allí pronto y me ocuparé de todo.

—Gracias, Greg. Te amo. Cuida de Samuel y Mila por mí.

—Claro que sí, Laura. Mantente fuerte. Nos vemos pronto.

Laura cuelga el teléfono, sintiendo un leve alivio al saber que Greg está a cargo y que su familia y su defensa estarán en buenas manos.

—Gracias, inspector Carter. Estoy lista para proceder con lo que sea necesario.

—Haremos todo lo posible para que esto se resuelva rápidamente. Tomaremos las medidas necesarias para agilizar la investigación. Ahora, por favor, sígame para proceder con el protocolo de detención.

Resignada y preocupada, Laura se acerca a sus hijos. Los abraza y les explica la situación; les dice que Greg va a venir a buscarlos y se va a ocupar de ellos.

No tiene mucho tiempo para explicar; están rodeados de efectivos que esperan impacientes para acompañarla a una celda mientras su caso comienza a ser investigado más a fondo.

Capítulo 27

Greg abandona la sede de Scotland Yard con ambos brazos abrazando las espaldas de Samuel y Mila, tratando de infundirles fuerza y seguridad. Los jóvenes, pálidos, asustados y visiblemente preocupados, siguen el paso de Greg y lo miran interrogantes, confiando en sus decisiones.

Una vez afuera, Greg se apoya contra la pared, respira hondo y saca su teléfono celular. Marca el número de Francisco Ramírez Cuello, el director ejecutivo global de AGDC. Hace pocas semanas, habían tenido una larga charla sobre el software *SentinelAI*, una herramienta crucial que Greg ya les activó en la lucha contra el cibercrimen.

—Francisco, soy Greg Whitmore. Necesito tu ayuda urgente.

—Greg, ¿qué sucede? ¿Todo bien?

—No, todo está muy mal. Laura ha sido detenida en la sede de Scotland Yard. La acusan de fraude financiero, blanqueo de dinero y conspiración criminal. Tú sabes, tal como lo sé yo, que Laura es inocente, Francisco. Le han preparado una trampa para sacarla de las operaciones y poder atacar los centros financieros. Esto es una suplantación de identidad.

—¿Qué? Eso es gravísimo. Sin duda sabemos que Laura está del otro lado, del lado de la ley. Además de informarme y poner a mi gente en acción, ¿qué necesitas específicamente que haga?

—Necesito que actives tu departamento legal de inmediato. Laura necesita la mejor defensa posible. Y, Francisco, debes hablar con Takeshi Nakamura en Tokio respecto al topo. Laura me lo acaba de contar y me indicó que ustedes tres son los únicos que manejan este tema.

—Así es. Voy a poner en marcha todo lo necesario. Hablaré con Takeshi Nakamura y movilizaré a nuestro equipo legal. No te preocupes, Greg. Vamos a resolver esto lo antes posible.

—Gracias, Francisco. Laura confía en nosotros. No podemos fallarle. También me comentó que Roberto Medina, el director de Operaciones Cibernéticas en Uruguay, debe ser informado porque si los ciberdelincuentes ya saben que fueron exitosos en ponerla fuera de combate, van a ir con todo contra estos u otros centros financieros.

—Tranquilo, Greg, no vamos a fallarle. No lo haremos. Entiendo que los hijos de Laura están contigo, ¿verdad? ¡Fuerza! Te mantendré informado de todos los avances y seguimos en contacto. Mi teléfono queda abierto para ti, a cualquier hora o momento; esto es prioridad uno.

—Gracias nuevamente, Francisco.

Greg cierra el teléfono y mira a Samuel y Mila. Ambos lo observan con ansiedad, preocupación y nerviosismo.

—¿Qué va a pasar ahora, Greg? —pregunta Samuel con voz susurrante y cascada, mientras Mila se seca unas lágrimas que le corren por la mejilla.

Greg los abraza a ambos, los mantiene junto a su pecho, infundiéndoles calor humano y ánimo.

—Quiero que se queden tranquilos. Ustedes ya escucharon y deben estar claros de que, en la lucha contra el crimen, ellos atacan para sacar del juego a quienes impiden su accionar. Poniendo a Francisco Ramírez Cuello a la cabeza de las operaciones, tenemos a Laura protegida y las operaciones para liberarla ya están en movimiento. Se va a hacer todo lo posible para ayudar a su madre. Francisco va a activar su equipo legal inmediatamente. Además, hablará con Takeshi Nakamura en Tokio, quien también está al tanto de la situación. Todos los recursos están siendo movilizados para resolver esto.

—¿Mamá va a estar bien? —Mila se abraza a Greg buscando protección.

—Sí, Mila. Vamos a asegurarnos de que todo se aclare. Scotland Yard está ya al tanto de las operaciones y sus ocupaciones en AGDC. Ellos no son novatos en estos temas y seguramente van a integrar a su propio departamento de delincuencia cibernética para estudiar el caso. Ahora, debemos ser proactivos y apoyar a vuestra madre. Vamos a ir a casa mientras trabajamos en esto.

—Greg, mamá no comió nada. ¿No debemos llevarle comida?
—Mila se queda parada, dubitativa, sin poder avanzar y alejarse de donde queda la persona más importante de su vida.

—Mila, cuando una persona queda detenida en Scotland Yard, la responsabilidad de proporcionar comida al detenido recae en la Policía Metropolitana de Londres. La policía garantiza que los detenidos reciban alimentos adecuados durante su detención.

—Greg —Samuel pregunta, avanzando hacia el automóvil—, ¿por qué se mezcla Scotland Yard con la Policía Metropolitana?

Greg asoma la primera sonrisa desde que llegó al lugar.

—Samuel, la Policía Metropolitana de Londres se llama Scotland Yard porque su primera sede estuvo ubicada en una calle llamada Great Scotland Yard, en el área de Whitehall, cerca del Palacio de Westminster. Nada que ver con Escocia.

Capítulo 28

Mientras Greg se ocupa de Samuel y Mila, Francisco Ramírez Cuello moviliza a su equipo desde la sede de la AGDC. El departamento legal se pone en marcha, revisando los detalles del caso y preparando una estrategia de defensa sólida. Francisco también marca el número de Takeshi Nakamura, buscando información crucial en este delicado asunto.

—Takeshi, buenas noches. Tenemos una situación urgente con Laura Trend. Ha sido detenida en Londres bajo falsas acusaciones de fraude y blanqueo de dinero. Necesitamos tu ayuda inmediata. Estamos convencidos de que esto es parte del ataque cibernético y sé que están investigando un infiltrado en nuestras filas.

—¡Maldita sea, Francisco! —Takeshi ruge con furia contenida—. ¡Sabíamos que este maldito topo haría algo así! Estoy harto de esta basura. Laura no merece esto. ¡Voy a coordinar desde aquí y vamos a aplastar a esos bastardos! Necesitamos pruebas sólidas y rápidas. Activaré a nuestro equipo inmediatamente para rastrear la fuente de esta suplantación. Estoy revisando cada maldito detalle sobre este traidor que tenemos dentro, así que por favor no alertes a nadie. Si se entera, podríamos perderle la pista y no pienso dejar que ese desgraciado se salga con la suya. Roberto Medina en Montevideo está en esta investigación también; lo contactaré para obtener información antes de moverme.

—Perfecto. También necesitamos que nuestro equipo legal trabaje estrechamente con los abogados en Londres. Este caso debe resolverse lo más rápido posible.

—¡Por supuesto que sí! No permitiré que Laura sea una víctima más. Mantendré informado a todo el equipo y te actualizaré con cualquier avance. Pásame toda la información específica; haremos una búsqueda exhaustiva en las redes para descubrir indicios de esta operación ilegal. ¡Para nosotros será más rápido encontrarlos que para Scotland Yard! Vamos a analizar las direcciones IP usadas para acceder a las cuentas de Laura y desde ahí rastrearemos a esos malditos. Tranquilo, Francisco, esto se resolverá rápidamente. Hazle saber a la familia de Laura que estamos en acción y vamos con todo. ¡No vamos a descansar hasta que esos traidores paguen por esto!

Los oficiales acompañan a Laura a la celda de Scotland Yard, mientras ella avanza con un nudo atenazando su estómago. Las puertas de metal se cierran con un ruido sordo, dejándola en un espacio pequeño y austero. La celda tiene una cama con un colchón delgado, una pequeña mesa, una silla y un lavabo. Las paredes de color gris opaco aumentan la sensación de aislamiento.

Laura se sienta en el borde de la cama, tratando de asimilar lo que está sucediendo. Jamás imaginó que estaría en una situación así. Los minutos son eternos mientras intenta ordenar sus pensamientos y no puede imaginarse pasar muchas horas en esta situación. También es difícil esperar que los demás sean los artífices de su libertad, saber que ella no tiene el poder completo de manejar este tema que la afecta pero que debe delegar en otros. Está incómoda, se corre hacia atrás y se recuesta en la pared con las piernas extendidas. Laura apoya la cabeza contra la pared fría y cierra los ojos. Su mente empieza a repasar cada detalle de los últimos meses. ¿Cómo pudo llegar a esta situación? ¿Quiénes podrían estar detrás de esta suplantación de identidad?

Un oficial llega y la lleva a una sala de interrogatorios. El inspector Carter y otro oficial están allí. La sala no es muy grande, con una mesa en el centro, dos sillas y una buena iluminación blanca, proveniente de fluorescentes en el techo. Laura observa el espejo unidireccional y se pregunta cuántas personas estarán observando del otro lado. Observa las cámaras de vigilancia discretamente ubicadas en las esquinas y sabe que son "su seguridad" para la integridad de este proceso.

Las preguntas son directas, pero ella no tiene respuestas que puedan satisfacerlos. Reitera su inocencia, explica su función dentro de AGDC y los intereses que podría haber en inmiscuirla en este tipo de ilícitos, pero cada vez que mira los documentos falsificados con su firma, la desesperación crece.

Después de un rato, la regresan a la celda. Sola nuevamente, Laura vuelve a sus pensamientos, tratando de encontrar un patrón o una pista que pueda ayudarla. Se da cuenta de lo poco que sabe realmente sobre la vida personal de sus compañeros. Ha confiado en ellos, pero en momentos de desesperación, todas las relaciones pueden parecer sospechosas. La idea de que alguien cercano pudiera traicionarla es aterradora. También analiza su vida individual, en las veces que pudo haber sido descuidada con su información personal. ¿Pudo haber dejado algún rastro que facilitara la suplantación?

Con el paso de las horas, su desesperación crece. No sabe qué están haciendo en el exterior y comienzan los pensamientos agonizantes sobre si realmente están tomando las decisiones correctas, si están yendo por el camino adecuado. Como mujer independiente y dueña de su hogar y destino durante tantos años, comienzan a cruzarse ideas de incompetencia en los demás, ya que no tiene el control de su situación.

Este aislamiento, la imposibilidad de usar su teléfono celular y la incapacidad de dar las órdenes pertinentes la tienen reducida a su mínima expresión, y eso la desmoraliza.

Sabe que debe evitar caer en el pesimismo y es fundamental mantenerse fuerte por Samuel y Mila. La idea de que ellos están solos, preocupados y sin entender completamente la situación, la angustia, pero a su vez la fortalece. Debe encontrar el camino para demostrar su inocencia.

Laura empieza a planear su próxima conversación con los oficiales. Debe ser clara y convincente. También debe recordar cada detalle que pueda ayudar a su defensa, además de esperar la visita de sus abogados, que ya deberían estar aquí.

Finalmente, exhausta, se recuesta en la cama, sabiendo que el camino por delante será difícil, tortuoso y doloroso porque su mente no se adormece.

Capítulo 29

Greg llega a su casa con los hijos de Laura. Todos están visiblemente cansados y preocupados. Antes, pasaron por el apartamento en Paddington para recoger el equipaje de los tres y lo cargaron en la camioneta. Cada uno se mantuvo bastante callado durante el trayecto, aunque Greg trató de apaciguarlos y tranquilizarlos, explicándoles que Laura había estado trabajando últimamente para bloquear y desintegrar una banda de ciberdelincuentes y que esta operación es fruto evidente de esa actividad.

—Vamos, chicos. Entremos y pongámonos cómodos. Todo va a estar bien —Greg trata de mantener la calma y la compostura para infundirles tranquilidad, aunque su mente está ocupada pensando en Laura y la complicada situación en la que se encuentra.

Samuel y Mila asienten en silencio mientras siguen a Greg al interior de la casa. Sus rostros reflejan la congoja y la incertidumbre que sienten ante la situación de su madre. Una vez adentro, Greg les muestra sus habitaciones y se asegura de que tengan todo lo que necesitan. Le pide a Mildred que les prepare algo de comer y se desploma en el sofá, mientras Mila se queda de pie, mirando con preocupación a Greg.

—¿Tú realmente estás convencido de que mamá va a estar bien, Greg? —pregunta Mila con la voz temblorosa, sus ojos llenos de desazón.

—Sí, Mila —Greg la insta a sentarse a su lado y le toma ambas manos—. Todos sabemos que tu mamá es víctima de su trabajo y de las consecuencias de enfrentarse a delincuentes que nunca van a dudar en actuar para allanar el camino hacia la perpetración del delito planificado. AGDC está haciendo todo lo posible para aclarar ante las autoridades el papel de tu madre. Estoy convencido de que Scotland Yard sabe, después de escuchar su declaración, quiénes son los delincuentes, pero todo este proceso necesita de pruebas sobre su desempeño frente al delito cibernético. Ahora, lo mejor que podemos hacer es mantenernos fuertes y esperanzados de que el departamento legal actúe con rapidez y eficiencia.

Samuel se sienta en silencio cerca de ellos, su rostro reflejando el miedo y la confusión que siente. Greg mira a ambos jóvenes, tratando de ofrecerles la seguridad que él mismo anhela.

—Vamos a salir adelante, chicos. Tenemos que ser valientes por vuestra mamá. Ella es fuerte y nosotros también debemos serlo.

Greg siente su teléfono vibrar en el bolsillo. Es una llamada desde un número desconocido. Sale al patio trasero para atender la llamada en privado.

—Greg Whitmore al habla.

—Greg, soy Henry Ward del departamento legal de AGDC. Queríamos informarte sobre la situación de Laura Trend. Estamos trabajando arduamente en su caso, pero además estamos enfrentando un problema mayor en este momento.

—¿Qué sucede, Henry?

—AGDC está combatiendo un ataque cibernético coordinado a varios bancos en Singapur, Suiza y la Isla de Man. La banda que está detrás de estos ataques está teniendo un éxito alarmante. Los medios de comunicación ya están reportando la situación y hay una alerta mundial.

—¿Qué tipo de ataque es? —pregunta Greg con creciente preocupación. — ¿Qué tan grave es la situación?

—Es un ataque masivo de ransomware. Han bloqueado los sistemas bancarios y están exigiendo pagos exorbitantes para liberar los datos. Los mercados globales están en pánico. Las bolsas de valores han caído y hay alarma en los mercados financieros internacionales. El departamento legal está actuando solo en el tema de la Sra. Trend porque no hay posibilidades de contactar a nadie dentro de AGDC.

—Dios mío. ¿Qué están haciendo las autoridades?

—Los gobiernos y las principales agencias de ciberseguridad están trabajando juntos para contener el ataque, pero es complicado. La banda tiene habilidades muy avanzadas y están utilizando técnicas que no habíamos visto antes. Estamos en estado de emergencia.

—¿Y Laura? ¿Qué pasa con su caso?

—No nos hemos olvidado de ella. El equipo legal está haciendo todo lo posible. Estamos enviando un abogado a la sede de Scotland Yard para llevarle tranquilidad y conversar con ella. Necesitamos tiempo, Greg. Pero no la dejaremos sola.

—Entiendo. Gracias por informarme, Henry. Manténganos al tanto, por favor.

—Lo haremos. Mi compromiso es con ustedes para regresar a Laura rápidamente a su familia.

Greg cierra la llamada y se queda mirando al horizonte, sintiendo el peso de la situación. El mundo está al borde de una crisis financiera, y Laura está atrapada en medio de este caos. Para los demás, la prioridad es la crisis financiera mundial; para él, lo es Laura y su inmediata libertad. Los intereses del mundo están en otro lado, y los simples humanos deben esperar.

Capítulo 30

Samuel ha encendido la televisión. Las noticias están dominadas por la emergencia cibernética.

—En este momento, estamos recibiendo informes de un ataque cibernético masivo contra bancos en Singapur, Suiza y la Isla de Man —informa el presentador de la BBC, con un tono circunspecto sobre los hechos en desarrollo—. Los sistemas financieros están paralizados y los mercados globales están en alerta máxima. Los expertos están llamando a esto el peor ataque cibernético de la década. Hay una intranquilidad mundial y las autoridades están trabajando frenéticamente para contener la situación.

Mila, que ha escuchado las noticias, se acerca al patio trasero y ve a Greg con la mirada perdida. Se da cuenta de la gravedad de la situación y se acerca a él.

—Greg, ¿estás seguro de que todo va a estar bien?

Suspirando profundamente y abrazando a Mila, le responde:

—Sí, Mila. Va a estar bien. Necesitamos resistencia y nervios de acero porque se nos ha formado la tormenta perfecta. Tu mamá estuvo coordinando la lucha contra una asociación ilícita cibernética que ha estado atacando centros financieros, intentando destruir la economía global. Es una guerra que están llevando a cabo desde hace meses. El motivo por el cual apresaron a tu mamá es la intención de los delincuentes de sacarla del juego, así como tratarán de hacer con otros jugadores. Tal vez la noticia de que ella había solicitado unas vacaciones y que seguramente sería detenida, por lo tanto, marginada y excluida, haya agilizado la operación. Los ciberdelincuentes tratan de neutralizar la operación de la Alianza Global y atacan por todos los flancos.

Greg sabe que los días por venir serán difíciles. Quisiera contactar a Takeshi Nakamura, pero sabe que, en estas circunstancias, cuando todas las agencias internacionales están ocupadas en repeler el ataque, su caso es minúsculo y debe esperar. Entra nuevamente a la sala y se ubica junto a Samuel frente al televisor para ver el desarrollo informativo. Le toca con una palmada la espalda para reafirmarle su presencia y que están juntos en todo.

El comentarista de la BBC resume los sucesos acaecidos y las reacciones inmediatas. La alarma mundial se desata cuando la noticia del ataque cibernético coordinado a los bancos en Singapur, Suiza y la Isla de Man se propaga como un reguero de pólvora. Los mercados financieros globales entran en pánico, con las bolsas de valores cayendo precipitadamente y la confianza de los inversores tambaleándose. La gravedad de la situación se hace evidente rápidamente, ya que miles de millones de dólares en transacciones quedan congelados y los sistemas bancarios se paralizan.

En Estados Unidos, el Departamento del Tesoro y la Reserva Federal inician reuniones de emergencia para evaluar el impacto y coordinar una respuesta. Se emiten directivas a todos los bancos nacionales para reforzar inmediatamente sus sistemas de seguridad y activar planes de contingencia.

En el mundo se movilizan todas las agencias nacionales e internacionales para buscar la colaboración con agencias de inteligencia y empresas privadas en la identificación y mitigación del ataque y establecer comunicaciones directas con otros países afectados para intercambiar información y estrategias.

La MAS (Monetary Authority of Singapore) trabaja en estrecha colaboración con los bancos para garantizar que las medidas de contingencia se activen y minimizar el impacto en el sistema financiero.

Se activan las alianzas de protección cibernética. En AGDC, Francisco Ramírez Cuello, moviliza todos los recursos disponibles. Takeshi Nakamura, Marcus Li, Rodrigo Marras, Lilian Forrester, Roberto Medina y Derek Bauer lideran las operaciones globales. Se establece un centro de comando conjunto con representantes de las principales agencias de ciberseguridad de los países afectados.

Los equipos especializados en ciberseguridad se despliegan en los bancos afectados para evaluar y mitigar los daños. Utilizan tecnologías avanzadas de análisis de malware y técnicas forenses digitales para rastrear el origen de los ataques. Se activa el software *SentinelAI*, desarrollado por Whitmore Technologies.

Las unidades de delitos cibernéticos de Interpol y Europol colaboran estrechamente con las fuerzas de seguridad locales y las agencias de inteligencia para rastrear y neutralizar las redes criminales responsables del ataque.

Los gigantes tecnológicos como Microsoft, Google y Amazon Web Services (AWS) ofrecen apoyo técnico y recursos adicionales para ayudar a mitigar el ataque.

Greg se sienta con los cuatro jóvenes en la sala de estar, lleno de preocupación por el bienestar emocional de todos. Entiende los duros momentos que están pasando los hijos de Laura y sabe que él es, en este momento, el faro y la imagen de fortaleza a la que ellos miran para encontrar apoyo y respuesta.

—Chicos, sé que todo esto es muy difícil —comienza, con una voz suave y llena de empatía—. Mila, Samuel, quiero que sepan que estamos aquí para ustedes. Laura está enfrentando una situación muy complicada en Scotland Yard, y eso es duro para todos nosotros.

Hace una pausa, mirando a los cuatro sentados a su alrededor: Samuel y Mila en el sofá, bastante juntos, dándose fuerza, y James y Sophia atentos en las poltronas. Greg busca las palabras adecuadas, tratando de transmitirles seguridad y cuidando de no despertar en ellos suspicacias o temores desmedidos.

—La situación con los ciberdelincuentes se ha vuelto realmente grave a nivel mundial. Laura ha estado en la primera línea de esta lucha y, estando ella fuera del juego, lo que debe importarnos son las acciones para devolverla a casa; las agencias sabrán cómo enfrentar esta lucha. Ahora, lo más importante es que nos apoyemos mutuamente. Mila, Samuel, este es vuestro nuevo hogar y considérenlo así. Siéntanse protegidos, acompañados y amparados dentro de estas paredes y con nosotros, que queremos verlos seguros y confiados.

Greg toma las manos de sus hijos y de los de Laura, creando un círculo de unión.

—Quiero que sientan nuestro hogar como el suyo. Estamos aquí para ustedes, para darles apoyo y aliento. No están solos en esto, y juntos superaremos este mal trago. Hablen con nosotros, cuéntennos cómo se sienten, y vamos a encontrar la manera de que se sientan mejor.

Los ojos de Mila y Samuel reflejan una mezcla de tristeza y alivio, mientras los hijos de Greg asienten con comprensión.

—Vamos a estar juntos en esto —continúa Greg, con una voz cálida y reconfortante—. Porque eso es lo que hacen las familias en tiempos difíciles: se apoyan y se cuidan unos a otros. Hace ya un tiempo que decidimos ser una familia y, aunque el comienzo ha sido un poco tortuoso, aquí estamos funcionando como tal.

Capítulo 31

Los pensamientos de Laura, sentada en la celda de Scotland Yard, giran en espiral mientras intenta comprender cómo ha llegado a esta situación. De pronto, se abre la puerta y el inspector Carter entra con una expresión de preocupación en su rostro.

—Señora Trend, hemos recibido información adicional sobre su caso. Sabemos que trabaja como directora de Operaciones de Ciberseguridad Internacional en la AGDC. Esto cambia significativamente nuestra perspectiva sobre su detención. Además, déjeme comentarle que, después de que usted fue detenida, se desató un ataque aterrador sobre varios centros financieros y sus abogados presentaron alegatos diciendo que esta fue la razón de su neutralización: poder sacar del juego a la mayor cantidad de profesionales para atacar sin respuesta, con la intención de llevar a cabo una guerra asimétrica.

—Gracias, inspector —responde Laura, mostrando un rostro más distendido y aliviado—. He estado tratando de decirles que esto es un error. Alguien ha suplantado mi identidad. Pero, además, es evidente, tal como lo explican mis abogados, que quienes están atacando cibernéticamente son delincuentes que van a llevar estas operaciones a todos los ámbitos para ganar la guerra declarada. Tal vez deban comenzar a entender que las guerras no solo se llevan a cabo con tanques y aviones, sino también dentro de las redes y no están circunscritas a países, sino a estructuras globales.

El inspector Carter, un hombre impecablemente vestido, con cuerpo robusto y una calva brillante, se apoya sobre la reja de forma relajada, con su tronco descansando sobre la misma mientras sus piernas cruzadas mantienen la estructura corporal.

—Lo entendemos. Vamos a llevarla ante un juez para una audiencia inicial. Dependiendo de la evaluación, podría ser liberada bajo fianza mientras continuamos con la investigación.

Laura se relaja y asiente, esperanzada, viendo las posibilidades que se abren ante ella. En su mente, la idea de salir de entre esas frías paredes de la celda la llena de ilusión, le cambia la perspectiva. Anhela desesperadamente ver a sus hijos, respirar aire fresco y luchar por demostrar su inocencia fuera de esas rejas.

El inspector Carter la lleva, junto con dos efectivos más, ante el juez, en una pequeña sala del tribunal dentro de la misma Scotland Yard. La atmósfera es tensa y atemorizante. Laura ingresa a la sala con un nudo en el estómago y en su corazón.

—Señora Trend —el juez se dirige a ella, leyendo los documentos en sus manos—. Los cargos en su contra son muy serios; aun así, considerando su posición y la posibilidad de una suplantación de identidad, estoy dispuesto a concederle la libertad bajo fianza mientras se investiga más a fondo este caso.

—Gracias, su señoría —responde Laura, emocionada—. Haré todo lo posible para cooperar con la investigación.

—Bien. Fianza concedida. Debe permanecer disponible para cualquier requerimiento adicional de la corte. Su pasaporte queda retenido en el tribunal, por lo que deberá permanecer en el territorio de Gran Bretaña y comparecer ante la corte cada vez que sea notificada.

Una vez liberada bajo fianza, Laura recoge la bolsa con sus efectos personales y se reúne con Greg y sus hijos en la sala de espera de Scotland Yard. Ante todo, abraza a sus hijos, a ambos juntos con sus brazos alrededor, con una catarata de besos para cada uno. Luego gira y abraza a Greg.

—Mi amor —Greg la envuelve en sus brazos—. Te extrañamos. Vamos a resolver esto, Laura. Los abogados de la AGDC están completamente empapados en ello. Todo se demoró más de lo esperado porque hubo un ataque impresionante que pareció una hecatombe mundial y no había fuerzas en AGDC que pudieran aportar pruebas.

—Me contó el inspector Carter cuando vino a buscarme más temprano. Mientras mi gente estaba en alerta máxima, yo estaba tirada en la cama pensando en cómo salir de mi problema. Ellos sabían que yo había salido de vacaciones y habían preparado todo para neutralizarme. Evidentemente, tenemos a alguien adentro saboteándonos.

—Laura, necesitamos que te relajes —Greg está manejando por las concurridas calles de Londres y tratando de explicarle a Laura cómo ha cambiado su realidad—. Te asestaron un duro golpe y te sacaron del juego. Vas a mantenerte por un tiempo fuera porque ahora tienes otros temas importantes entre manos. Tus abogados van a representar tu caso ante la fiscalía y tú tendrás que dedicarte a acomodar a Samuel y Mila a su nueva vida.

—¿Qué? ¿Por qué? —responden ambos desde el asiento de atrás.

—La justicia le ha retenido el pasaporte a su mamá, lo que significa que tiene prohibida la salida del país, por lo tanto, lo que iba a suceder en unos meses se adelantó.

Los jóvenes se quedan en silencio, sorprendidos y anonadados ante la nueva realidad.

—Sí, no podemos regresar a Uruguay —Laura gira el cuerpo para enfrentar a sus hijos—. Debemos modificar nuestros planes, y eso incluye también colegios.

—No nos despedimos de nadie, ¿y qué va a pasar con nuestra casa? —Mila trata de encontrar respuestas a su nueva situación.

—Voy a hablar con Oriana. Voy a pedirle su ayuda para poder completar estas tareas. Por ejemplo, hacerse cargo de la casa, cerrarla convenientemente, enviarnos todos nuestros documentos para poder continuar nuestra vida aquí e inscribirlos en los colegios locales. Tengo mucho por hacer, como Greg me lo recordó, así que voy a aprovechar esta situación para que sea beneficiosa para todos, a pesar de lo dolorosa que me resulta.

—Oriana diría —comenta Samuel cabizbajo—: "Laura propone y Dios dispone." Siempre Dios tiene sorpresas para nosotros…

Capítulo 32

Cuando llegan a la casa de Greg, sus hijos ya están de regreso del colegio. Al verlos bajar de la camioneta, salen a la puerta para recibir a Laura con gestos de alegría, y ella abraza a cada uno, besándolos mientras sonríe y agradece sus buenos deseos.

—Gracias, chicos. Es bueno estar aquí. Sus abrazos son justo lo que necesitaba.

Samuel y Mila salen del vehículo más despacio, con expresiones más serias y reservadas. Están abrumados por la repentina mudanza y el cambio de planes. Greg, notando su incomodidad, se acerca a ellos.

—Samuel, Mila, sé que esto es mucho para asimilar —Greg trata de tranquilizarlos con voz suave—. Quiero que sepan que estamos aquí para apoyarlos en todo lo que necesiten. Queremos que su adaptación sea lo más sencilla posible, y para eso vamos a estar apoyándolos. Sé que es muy doloroso salir de vacaciones y de repente sentir que no pueden regresar a casa. Samuel, me imagino que vas a extrañar todos tus equipos y elementos de robótica. Vamos a pedirle a Oriana que los empaque y los despache, así como las computadoras, y si es necesario, yo voy a viajar con ustedes por tres o cuatro días para recoger lo que haga falta y que puedan estar aquí con sus cosas.

También pueden venir conmigo a la empresa y reservarse un espacio para usar los recursos que tenemos, y si quieren, aprender cosas nuevas.

Mila y Samuel se quedan petrificados con ese comentario. No habían imaginado esa posibilidad, una opción apasionante para ellos.

—Greg, ¿estás diciendo que podemos ir a Whitmore Technologies?

—Sí, eso es lo que estoy diciendo. Será para mí una alegría muy grande que compartan ese espacio conmigo. Aunque James tiene una inclinación natural hacia la tecnología, por ahora su pasión por el cricket, el rugby y el tenis ocupan la mayor parte del tiempo; luego viene la fotografía y la música. Y Sophia tiene un talento natural para el arte, así que dibujar y pintar es lo que la ocupa. Ustedes me harían muy feliz si comparten esa parte conmigo, y creo que lo disfrutarán enormemente.

—Yo me anoto —dice Mila con cara de felicidad—, y Samuel más que seguro.

Laura lo mira a Greg y le agradece en silencio con un beso al aire. En cuestión de unos pocos minutos, ha logrado cambiarles el ánimo y permitirles mirar el futuro con una visión diferente.

—Laura, tú ya sabes cuál es tu cuarto, pero ¿qué te parece si te damos un paseo por los cuartos de todos nuestros muchachos?

—Greg la sujeta por la cintura y, mirando a los jóvenes, les indica con la cabeza que vayan adelante para enseñarle a Laura los cuartos de cada uno.

Los jóvenes se sienten bien juntos y avanzan por la casa conversando y compartiendo, mientras Greg y Laura los siguen detrás, sonriendo y felices de estar juntos y de ver a la familia integrada. En el primer piso están los cuartos de Sophia hacia el frente, el de Mila a continuación, y hacia la parte de atrás de la casa, una sala de televisión y juegos y luego una oficina/biblioteca. En el segundo piso, hacia el frente, están los cuartos de Samuel y James; junto a ellos, una habitación que Greg destinó como oficina para Laura, y hacia la parte de atrás, con una gran terraza hacia el jardín, el cuarto de ellos dos.

Laura se asombra de lo bien organizada que está la casa y con qué rapidez dispusieron todo.

—Quiero aclararles, Mila y Samuel, que pueden modificar sus cuartos, cambiar los muebles y adornos que prefieran, e incluso comprar nuevas camas y accesorios —Greg les sugiere, y Mila lo mira con adoración—. Estos cuartos estaban arreglados de esta forma para las visitas, pero ustedes pueden decorarlos como les plazca.

—Yo lo haré con Sophia, que sabe de decoración y moda —comenta Mila—, y saldremos juntas a buscar por las tiendas de aquí.

—Pues yo no veo nada para cambiar, simplemente agregar un escritorio para estudiar en el cuarto y armar mis proyectos — agrega Samuel.

Mientras los varones se quedan conversando en el cuarto de James, Mila se va al cuarto de Sophia con ella, planificando los cambios que podrían hacer.

Greg se lleva a Laura al cuarto de ambos. Al llegar a la puerta de la habitación, la abre suavemente y la invita a pasar, cerrando la puerta detrás de ellos con un suave clic.

La habitación es espaciosa, con una gran cama de madera oscura que ocupa el centro, flanqueada por ventanales que dejan entrar la luz del atardecer, y más allá, una terraza amplia con sillones, suspendida sobre el jardín de la casa. Un aroma fresco y ligero llena el aire, una combinación de lavanda y menta que crea una atmósfera de calma y bienvenida.

Greg no pierde tiempo. Apenas la puerta se cierra, envuelve a Laura en sus brazos, atrayéndola hacia él con una urgencia contenida. Sus labios encuentran los de ella en un beso profundo y apasionado, que parece borrar cualquier rastro de los días difíciles que han dejado atrás. Las manos de Greg recorren su espalda, subiendo hasta su cuello y bajando hasta su cintura, cada caricia transmitiendo amor y deseo.

—Laura, creo que mis abrazos van acompañados de un solo discurso el que te vengo repitiendo hace meses y años: no puedo seguir viviendo sin tí —susurra Greg contra sus labios, sus ojos llenos de emoción—. Tal vez a partir de ahora, y por obra y gracia de los delincuentes, logre tenerte más cerca y no necesite decirte constantemente la falta que me haces. Soy feliz de tenerte nuevamente en mis brazos.

Laura responde a sus besos con igual intensidad, sintiendo cómo la tensión se disipa de su cuerpo con cada contacto. Sus manos se deslizan por los hombros de Greg, sintiendo la firmeza de sus músculos bajo la camisa. Se separa ligeramente para mirarlo a los ojos, una sonrisa suave y sincera curvando sus labios.

—Yo también te he extrañado, Greg. Estar aquí contigo... es todo lo que necesitaba. Pero, además, para que mi pasión se desborde totalmente necesito bañarme y sacarme este olor a Scotland Yard.

—No me importa el olor que tengas, yo te huelo a deseo y mi impaciencia no puede soportar una espera más. Luego te acompaño al baño y lo compartimos; aún no agregué las agarraderas que conversamos en Montevideo.

Greg la besa de nuevo, esta vez con más suavidad, sus labios moviéndose con ternura sobre los de ella. La lleva lentamente hacia la cama, sin romper el contacto, sus movimientos cuidadosos y llenos de intención. La habitación parece envolverse en una burbuja de intimidad y calidez, aislándolos del resto del mundo.

Al llegar a la cama, Greg se detiene un momento, mirándola con una mezcla de adoración y deseo. Sus manos se detienen en la cintura de Laura, acariciándola suavemente mientras sus ojos recorren su rostro, memorizando cada detalle. Con paciencia y minuciosidad, le va desabrochando la blusa, se la quita y la revolea hacia atrás. Luego la libera del sostén, que va a parar cerca de la prenda anterior, y así, muy lentamente, la va desnudando, gozando con cada prenda retirada, besando cada palmo de su piel desnuda y apropiándose de su voluntad y su albedrío.

—Laura, cada día a tu lado es un regalo para mí —su voz es baja, apenas un susurro, pero cargada de sinceridad—. No importa cuán difíciles sean los días ni lo que tengamos que enfrentar; tenerte aquí hace que todo valga la pena. Voy a acompañarte en estos momentos difíciles, pero también vamos a disfrutar los buenos momentos que llegarán. Lo más importante es que soy inmensamente feliz contigo.

Laura siente una lágrima de emoción rodar por su mejilla. No dice nada, simplemente asiente y lo besa de nuevo, sintiendo cómo sus corazones laten al unísono. Greg la acuesta suavemente en la cama, sus labios nunca alejándose demasiado de los de ella. Los siguientes momentos están llenos de besos suaves y caricias tiernas, una danza lenta y apasionada que parece detener el tiempo.

—Laura, quiero que te sientas segura y protegida, que puedas soltar esa rienda y dejarte llevar y confiar en mí. Demasiado tiempo has estado sola manejando todo; ahora estamos juntos y puedes descansar sobre mí, dejarte ir.

Greg recorre su cuerpo con besos, hoy es un día para hacerla sentir bien, acompañada, segura y apoyada. Un momento para darle un refugio donde se sienta calmada y resguardada. Hoy es un día para hacerle olvidar las angustias y restituirle las fuerzas. Y así, mientras la acaricia con sus manos y su boca, Greg se va desvistiendo y acompasadamente juega con sus dedos sobre sus pliegues y su clítoris, mientras Laura se deja llevar, respondiendo con suspiros de placer.

Sus cuerpos se unen en un baile sensual y apasionado, Greg penetrándola con suavidad al principio, aumentando gradualmente la intensidad. Los gemidos de Laura se mezclan con los gruñidos de Greg, formando una sinfonía de éxtasis.

Sus movimientos se vuelven frenéticos, buscando alcanzar juntos la cima del placer. Finalmente, alcanzan el clímax en una explosión de sensaciones que les recorre de pies a cabeza. Se quedan abrazados, recuperando el aliento, sintiendo cómo los latidos de sus corazones se van calmando poco a poco.

Greg besa suavemente a Laura en la frente, acariciando su cabello. Le susurra palabras de amor y consuelo, prometiéndole que todo estará bien, que juntos podrán superar cualquier adversidad. Laura se siente protegida, amada, y sabe que con Greg a su lado podrá enfrentar lo que la vida le presente.

— Ahora te voy a dar permiso para ese baño tan ansiado y te voy a acompañar para ayudarte — Greg sonríe y le susurra al oído.

— Nuestros hijos están experimentando que sus papás dejan de dormir solos y también para eso necesitan adaptación. Espero que mi Sophia esté muy entretenida con Mila porque sé que, aunque no quiera va a tener celos de ti, vas a tener que aceptar alguna expresión por ahí.

— Todavía no sabemos con qué nos van a sorprender nuestros adolescentes. — Sonríe Laura, camino al baño y tirando de Greg que la sigue arrobado.

Capítulo 33

El mundo está consternado por los ataques a los centros financieros. Quienes antes se preocupaban principalmente por las guerras convencionales que amenazan el planeta, ahora se despiertan a una nueva realidad: la delincuencia cibernética, que puede paralizar el mundo y su funcionamiento normal. Estas guerras cibernéticas se infiltran en todos los rincones, afectando incluso los lugares más recónditos.

En medio de este panorama sombrío, hombres y mujeres visionarios, expertos en tecnología y seguridad cibernética, se unen para hacer frente a este desafío sin precedentes. Trabajan incansablemente, día y noche, para desarrollar sistemas de defensa cada vez más sofisticados y proteger la integridad de las redes y sistemas.

Líderes de todo el mundo, conscientes de la gravedad del asunto, se comprometen a cooperar a nivel internacional. Crean alianzas estratégicas y comparten información, fortaleciendo así la respuesta global ante esta amenaza común.

Los avances tecnológicos y la determinación de quienes luchan por un mundo más seguro inspiran a las nuevas generaciones a seguir sus pasos. La ciberseguridad ya no es una opción, sino una prioridad fundamental para el bienestar y progreso de la sociedad.

Laura se despierta a un nuevo día en un nuevo hogar, enfrentando una nueva realidad. Lo que pensaba planificar con tiempo cayó sobre ella como un cubo de agua fría, y ahora tiene que lidiar con ello. Greg no la despertó y se levantó sin hacer ruido. Se coloca la bata de baño de Greg y baja las escaleras, esperando encontrarse con toda la familia en el comedor diario, que está junto a la cocina y donde la familia desayuna. La familia ha aumentado considerablemente.

—¡Buenos días, familia! Ya veo que todos decidieron dejarme dormir.

—¡Buenos días! —todos levantan la cabeza y responden casi al unísono.

—Me hace muy feliz verlos a todos alrededor de la mesa. En mis pensamientos más oscuros de los últimos días, llegué a pensar que este momento no iba a llegar jamás.

Greg se levanta, le da un beso y la acomoda en el lugar que ha quedado libre, a su lado. El lugar destinado para ella en este nuevo ensamble familiar.

—Laura, hoy vas a tener un día muy activo, así que todos acordamos que debías descansar para enfrentarlo.

—Tengo que realizar los trámites para ingresar a Samuel y Mila en el colegio y luego ir a la oficina.

—Vamos a hacer todo el recorrido juntos. Después de solucionar el ingreso al colegio, nos tomamos el *tube* a Paddington y, más tarde, podemos encontrarnos para almorzar allí si hay posibilidades.

—¿Qué hacemos Mila y yo? —pregunta Samuel, desconcertado.

—Hoy pueden seguir disfrutando de las vacaciones, caminar por la High Road de Chiswick, que hay mucho para ver, o pasear por las orillas del Támesis. Aprovechen el día de hoy. Si todo va bien, mañana irán al nuevo colegio con James y Sophia. Y mientras tanto, Greg les va a organizar un rincón en sus oficinas.

—Aprovechen el día para acostumbrarse al nuevo hogar, al nuevo ambiente y a la nueva vida —comenta Greg—. Hoy siguen con sus vacaciones, pero mañana ya van a tener que cumplir con las obligaciones y normas compartidas: mantener el orden, sacar la basura, ayudar en los quehaceres hogareños. Hoy es el último día como visitas. Mañana van a tener que cumplir las reglas.

James y Sophia los miran y revolean los ojos, atestiguando que su padre no es una luna de miel constante. Saben que Greg no bromea cuando se trata de las responsabilidades familiares. Para él, cada miembro del hogar tiene un papel esencial en el funcionamiento armonioso del mismo.

—No se trata solo de mantener la casa limpia —continúa Greg— sino de aprender a trabajar juntos, a apoyarnos mutuamente y a respetar las normas que nos permiten convivir en paz. Mañana empiezan las tareas asignadas, y espero que todos pongan su mejor esfuerzo.

La seriedad en la voz de Greg deja claro que el período de adaptación es breve y que, a partir de mañana, las expectativas serán altas. Samuel y Mila lo observan con seriedad y entienden que, si hasta ahora escuchaban solo una voz exigiendo, ahora quedan a merced de dos generales en jefe. Greg deja muy claro que, junto con los buenos momentos de compartir en familia, los cuatro deben asumir responsabilidades y cumplir con los deberes establecidos.

Los cuatro jóvenes asienten con la cabeza, se miran entre sí, abriendo bien los ojos y elevando las cejas. Mensajes discretos y furtivos que entienden claramente.

Mila y Samuel deciden caminar por la orilla del río mientras los demás se van a sus actividades diarias. Caminan lentamente por la orilla, observando el sol reflejarse en las aguas tranquilas del Támesis. El cambio abrupto en sus vidas ha dejado a ambos jóvenes con un sentimiento de frustración y desarraigo que no pueden sacudirse fácilmente.

—No puedo creer que estemos aquí —dice Mila, pateando una piedra hacia el agua—. Vinimos solo por unas vacaciones y ahora resulta que nos quedamos para siempre. Todo es tan... diferente y frustrante. Y yo caminando contigo, ni siquiera recuerdo la última vez que anduvimos los dos juntos, solos, por ahí.

Samuel asiente en silencio, mirando el horizonte. Recién llegaron, pero esta situación que los ancló en Londres le hace extrañar más Montevideo: los amigos, la escuela, incluso los pequeños rituales diarios que daban sentido a su vida.

—Extraño a mis amigos —admite finalmente—. Teníamos planes para el verano, íbamos a hacer tantas cosas. Ahora, ni siquiera sé cuándo volveré a verlos.

—Y la escuela... —añade Mila, con un suspiro—. Tendremos que adaptarnos a un nuevo sistema, hacer nuevos amigos... Todo es tan complicado. Y encima, Greg.

Samuel frunce el ceño al escuchar el nombre de Greg. La relación de su madre con él ha sido el detonante en esta serie de cambios inesperados.

—No entiendo por qué mamá tuvo que involucrarnos en esto tan rápido —comenta Samuel—. Apenas lo conocemos y ya estamos viviendo en su casa, en una ciudad completamente nueva.

—Y con sus reglas —Mila resopla—. No es como si fuera fácil adaptarse. Siento que estamos caminando sobre cáscaras de huevo, tratando de no molestarle.

El silencio se extiende entre ellos por un momento, ambos perdidos en sus pensamientos. El ruido distante de la ciudad y el murmullo del río son los únicos sonidos que rompen la quietud.

—Me siento como si nos hubieran robado algo —dice Mila finalmente, rompiendo el silencio—. Nuestra vida en Montevideo, nuestra estabilidad... Todo fue arrancado de nosotros sin previo aviso.

—Y lo peor es que mamá parece feliz —añade Samuel, con un tono de amargura—. Como si no se diera cuenta de lo difícil que es esto para nosotros.

—No sé cómo vamos a acostumbrarnos a esto —Mila mira a su hermano con tristeza—. Todo parece tan imposible ahora mismo.

—Lo sé —responde Samuel, poniendo una mano en el hombro de su hermana—. Pero al menos nos tenemos el uno al otro. Y, de alguna manera, encontraremos la forma de salir adelante.

Mila lo mira con sorpresa; son palabras nuevas en la boca de Samuel, que siempre la ha regañado por la cosa más insignificante. Mila se siente agradecida de no estar sola en esta experiencia.

Capítulo 34

Laura regresa a la oficina de la Alianza Global para la Defensa Cibernética (AGDC) después de haber sido liberada de la custodia de Scotland Yard, donde permaneció 48 horas en una celda aislada, acompañada por los pensamientos más oscuros y tenebrosos. La falsa acusación de suplantación de identidad es una pesadilla orquestada por ciberdelincuentes que, exitosamente, han logrado que la señalen como culpable de fraude financiero, blanqueo de dinero y conspiración criminal. Las acusaciones son graves y, aunque liberada bajo fianza, las investigaciones continúan, y la espada de Damocles pende sobre su cabeza.

El edificio de la AGDC, una fortaleza moderna equipada con la tecnología más avanzada, se alza imponente en el corazón de Paddington Basin. Laura ingresa, sintiendo el peso de las miradas de sus colegas. Aunque todos comprenden hacia dónde pueden conducir las acciones contra la ciberdelincuencia, ciertas sombras de sospecha se reflejan en algunas miradas. O al menos así lo siente Laura, pues es doloroso para un profesional ser manipulado por quienes está enfrentando. Esta acusación representa una derrota frente a los delincuentes que usaron su información para inculparla en delitos mayores.

Francisco Ramírez Cuello, el director ejecutivo global de la AGDC, la espera en su oficina. Su expresión es grave, pero un destello de alivio brilla en sus ojos al verla. Derek Bauer, el jefe de análisis de ciber amenazas para la región europea de la AGDC, está colaborando desde Londres y, cuando la ve entrar, se adelanta y la abraza con calidez y alegría.

—Qué alegría verte libre. Tu detención nos dejó sin aire a todos e inmediatamente nos cayeron las diez plagas de Egipto. Estos reverendos hijos de puta combinaron toda la acción.

—Laura, es bueno tenerte de vuelta —dice Francisco, levantándose de su silla para abrazarla y brindarle su cálido apoyo.

—Gracias, Francisco. Es un alivio estar aquí y poder estar activa frente a todo el trabajo que tenemos por delante —responde Laura con firmeza.

Bauer señala una pantalla que muestra un mapa global con múltiples puntos rojos parpadeando.

—Los ataques a los centros financieros de Suiza, Singapur e Isla de Man fueron solo el comienzo. Los ciberdelincuentes lograron derrumbar y congelar los mercados globales, causando un caos sin precedentes. Tuvimos que movilizar todos nuestros recursos para restablecer el funcionamiento normal.

Laura observa los puntos en el mapa, recordando las horas interminables de interrogatorios y la sensación de impotencia al saber que su nombre estaba siendo manchado por esa calaña que atacaba el mundo financiero.

—Tengo una sospecha para plantear en este foro reducido —Derek se dirige a Francisco—. He llegado a la conclusión de que tenemos un topo en la organización. Alguien está explotando nuestras debilidades para lograr estos ataques. Necesitamos identificarlo y detenerlo antes de que puedan causar más daño —su voz está llena de determinación.

Francisco y Laura intercambian miradas.

—Hemos comenzado una investigación interna —dice Francisco—. Pero necesitamos tu ayuda, Laura. Nadie conoce los sistemas y a las personas como tú. Además, los ciberdelincuentes dejaron rastros, pequeños pero significativos. Estamos seguros de que hay pistas que solo tú puedes interpretar.

Laura asiente, sintiendo una mezcla de alivio y responsabilidad.

—Sí, Derek, Takeshi y yo llegamos a esa conclusión, y me alegra profundamente que lo hayas expresado porque hasta mi detención solo nosotros tres manejábamos esa hipótesis. Nos será más fácil trabajar y llegar a conclusiones si somos más los que estamos analizando y buscando al delator.

Laura continúa explicando qué pasos decidieron tomar para descubrir al infiltrado, además de los nuevos sistemas que están siendo operados para detener estas agresiones.

—No podemos permitir que nos destruyan y lleven al mundo al caos total, porque, desde la intervención total, no podremos revertirnos; el mundo quedará en riesgo constante y no será lo que fue —Francisco es enfático en su declaración—. Es obligatorio restaurar la confianza y la seguridad en el sistema financiero global y en todas las instituciones que confían en esta policía cibernética.

De pronto, las pantallas comienzan a estallar en ruidosas alertas rojas: un nuevo ataque de secuestro de datos, ransomware.

Laura se agita y, en voz aguda, se dirige a Francisco:

—Nos están llevando a una pesadilla. No puede ser que hayan logrado atacar el [18]NHS nuevamente.

Laura sale de la oficina de Francisco y reúne a los analistas en la oficina central de operaciones.

—A quienes no me conocen, yo soy Laura Trend, directora de Operaciones de Ciberseguridad Internacional. Sí, soy yo la misma que sufrió la falsa incriminación. Lo que estamos viendo ahora es un ataque sobre el NHS en el que los delincuentes

---

[18] Servicio Nacional de Salud del Reino Unido.

tratan de infiltrarse en la red del servicio de salud y cifrar datos críticos, para luego exigir un rescate para descifrar la información. Están tratando de replicar el ataque de ransomware WannaCry en 2017, que afectó gravemente al NHS.

Laura, frente a los analistas, trata de alertarlos sobre las prácticas y la experiencia adquirida para repeler los ataques.

— Para quienes seguramente lo escucharon, pero no lo recuerdan voy a refrescarles la memoria, en 2017, el ransomware WannaCry atacó a nivel mundial, afectando a cientos de miles de computadoras en más de 150 países. Uds. saben que WannaCry es un tipo de malware que cifra los archivos de las computadoras infectadas y exige un rescate en bitcoins para descifrarlos. El ataque tuvo un impacto significativo en muchas organizaciones, incluyendo el Servicio Nacional de Salud del Reino Unido. —Los ojos están puestos en Laura y su experiencia. —WannaCry se propagó rápidamente utilizando una vulnerabilidad en el sistema operativo Windows, descubierta por la Agencia de Seguridad Nacional de los Estados Unidos (NSA) y posteriormente filtrada por un grupo de hackers. Más de un tercio de los hospitales del NHS experimentaron problemas debido al ataque, se cancelaron miles de citas médicas y procedimientos quirúrgicos. Las ambulancias fueron desviadas y muchas operaciones hospitalarias se vieron gravemente interrumpidas. En muchos casos las compañías pagaban rescates en bitcoins y no les devolvían la operabilidad. Las organizaciones y los gobiernos de todo el mundo trabajaron rápidamente para contener la propagación del ransomware. Microsoft lanzó rápidamente parches para todas las versiones afectadas de Windows. Un investigador de seguridad, MalwareTech, encontró un "kill switch" (un interruptor de apagado) en el código de WannaCry, ese que apagan cuando se pagó el rescate. Así logró detener la propagación del malware en muchos sistemas. Nuestros sistemas están trabajando, pero vuestra vigilancia y el estado de atención constante es lo que nos permite superar estos ataques que como ven se están incrementando con el fin de crear un caos general.

Los analistas se dispersan después de una serie de preguntas y respuestas y Laura aprovecha la presencia de Derek para sumarlo a una conferencia con Takeshi Nakamura y tratar el tema que tanto les preocupa.

Capítulo 35

La cena se convierte en una ocasión perfecta para compartir todos juntos y conversar sobre las novedades del día. Laura comienza a hablar sobre cómo ha sido la recepción en la escuela y los requisitos solicitados para que los chicos puedan ingresar inmediatamente.

—Presenté la documentación que tenemos en la nube, pero debo contactar a las autoridades en Uruguay para que nos envíen los registros de escolaridad completos —explica Laura, con una ligera preocupación en su voz—. De todas formas, ya pueden asistir mañana. Por una semana están exentos de usar uniforme, hasta tener todas las prendas exigidas.

Los chicos asienten, comprendiendo la situación. Luego, Laura sigue con la recepción en la oficina y los problemas que están enfrentando.

Greg trae a la mesa la comida que Mildred dejó preparada antes de retirarse y les advierte a Samuel y James que, después de que cada uno retire su plato, su vaso y sus cubiertos, serán los encargados de cargar el lavavajillas y limpiar la cocina.

—Estamos convencidos —continúa Laura— de que tenemos un topo dentro de la alianza y estamos buscando la forma de encontrarlo sin delatarnos nosotros en la búsqueda —dice, mirando a su familia con seriedad—. Les pido discreción, esto es muy importante.

Samuel escucha atentamente, comprometido en los detalles y comentarios de Laura. Cuando ella hace una pausa, interviene.

—Mamá, seguramente ustedes tienen una recopilación de registros históricos de las actividades de los empleados. Por lo que yo sé, esas son prácticas comunes en las empresas.

—Es verdad, Samuel —responde Laura—. Se hace para asegurar la seguridad y mejorar la eficiencia operativa. En verdad, son una base sólida para detectar y mitigar amenazas internas, pero en este momento no queremos despertar sospechas. Si coloco a alguien a investigar los registros, estoy alertando al topo.

—¿Y qué tal si no es una persona la que investiga, sino un programa? —sugiere Samuel, inclinándose hacia adelante con interés.

Todos en la mesa lo miran, intrigados. Mila, con los ojos brillantes de curiosidad, pregunta:

—¿Un programa? ¿Cómo funcionaría eso, Sam?

—Podríamos desarrollar un pequeño programa con inteligencia artificial que analice las entradas y visitas de los empleados, buscando patrones sospechosos sin levantar sospechas entre ellos —explica Samuel con entusiasmo—. La IA podría revisar los registros históricos y actuales, identificar anomalías y generar informes discretos que solo nosotros veríamos.

Se hace silencio mientras todos procesan la idea. Greg sonríe, entendiendo el planteamiento y complacido de que Samuel pueda pensar con amplitud en soluciones posibles.

—Eso suena brillante, Samuel —dice Greg—. En Whitmore Technologies estamos constantemente buscando innovaciones tecnológicas. ¿Qué te parecería venir a nuestra sede y trabajar en esto? Podríamos desarrollar ese programa juntos y, quién sabe, si funciona bien, podríamos comercializarlo a otras empresas.

Samuel se queda sin palabras por un momento, sorprendido por la oferta. Greg le había dicho en los últimos días que lo esperaba en su sede, pero esto es una investigación específica.

—Eso sería increíble —dice finalmente, sonriendo de oreja a oreja—. Definitivamente creo que podríamos hacer algo grande con esto. Además, sería una gran ayuda para mamá y su equipo en AGDC sin levantar sospechas.

—Exactamente —afirma Greg—. Y con los recursos que tenemos en Whitmore, podríamos acelerar el desarrollo y asegurarnos de que sea una herramienta robusta y efectiva.

Laura los mira con orgullo y alivio.

—Bueno, qué alivio que en la familia haya alguien que hable el mismo idioma que papá —bromea James, haciendo un gesto exagerado de alivio—. Tal vez así me lo saque de encima por un tiempo y me deje disfrutar de lo que a mí me gusta.

Todos se ríen, divertidos con el comentario de James.

—Yo quisiera también participar —se apresura a declarar Mila, antes de que cierren todo y la dejen afuera—. ¿Me podrían incluir?

—Me parece una idea excelente —agrega Laura, riendo—. Tanto la ayuda que nos puedan dar Samuel y Mila como sacar a un papá fastidioso de encima, y dejar que James y Sophia puedan disfrutar de lo que les gusta hacer y no lo que papá quiere que hagan. Yo creo que habrá tiempo para eso también, pero la adolescencia se vive una sola vez.

Sophia y James miran a Laura como si fuera un salvavidas, una fuerza que viene a fortalecer su lado. Todos los comensales están satisfechos con el resultado de la conversación. Laura y Greg se miran relajados, esperanzados de que esta fusión familiar funcione sin fricciones agudas.

Capítulo 36

Mensaje Urgente de Marcus Li, Hong Kong:

"Atención equipo de Europa, estamos enfrentando disrupciones significativas en los sistemas de las líneas aéreas. Hay problemas con la emisión de boletos, interrupciones en las reservas y cambios de vuelos. Además, los aeropuertos del sudeste asiático han detenido sus servicios debido a interrupciones en las comunicaciones entre el control de tráfico aéreo y las aeronaves. Están trabajando para prevenir colisiones, pero la situación es crítica. Necesitamos toda la ayuda posible para manejar esta crisis."

—¡Laura, necesito hablar contigo urgentemente! —Marcus Li pide, con tono ansioso y preocupado.

—Claro, Marcus. ¿Qué está pasando? —responde Laura tratando de mantener la calma—. Acabo de ver tu alerta. Con este movimiento en los últimos tiempos tendrán que elevar nuestros sueldos —añade Laura, como siempre, tratando de bajar las tensiones.

—Van a tener que aumentarlos porque parece que el crimen está pagando muy bien —Marcus no puede ocultar su molestia—. Hemos recibido reportes de disrupciones en los sistemas de las líneas aéreas y los centros de control del tráfico aéreo.

Laura, frunciendo el ceño, claramente preocupada:

—¿Crees que esto está relacionado con los ciberataques que hemos estado sufriendo?

—Estoy casi seguro —responde Marcus con firmeza y preocupación evidente—. Lo peor de todo es que tengo la sospecha de que alguien dentro de AGDC está colaborando con los ciberdelincuentes.

—¿Tienes alguna teoría sobre quién podría ser o cómo están colaborando?

—Es difícil de decir con certeza, Laura —Marcus se queda en silencio por unos instantes y luego responde de manera reflexiva—. Hay ciertos patrones en los ataques que sugieren que alguien está proporcionando información interna. Por ejemplo, los atacantes parecen saber exactamente cuándo y dónde golpear para causar el máximo daño. Además, hay ciertos accesos a sistemas sensibles que han sido comprometidos sin dejar rastro, lo cual indica un conocimiento profundo de nuestra infraestructura.

—Entonces, necesitamos identificar al colaborador. ¿Tienes alguna sugerencia, Marcus, para llevar a cabo la búsqueda?

—Yo sugeriría una auditoría completa de los accesos a sistemas sensibles. Necesitamos analizar los registros de acceso y buscar patrones inusuales o accesos no autorizados —Laura escucha en silencio, considerando las sugerencias de Samuel. —Además, podríamos implementar medidas de monitoreo más estrictas y realizar pruebas de penetración internas para identificar posibles vulnerabilidades.

—Marcus, estoy de acuerdo contigo —Laura se acomoda en su asiento, observa el movimiento del otro lado del vidrio donde Derek Bauer está conversando con parte del equipo, y toma una decisión resoluta y estratégica. —No compartiremos esta información con nadie por el momento. Mantén esta situación en secreto. No podemos arriesgarnos a que el colaborador se entere de que estamos tras su pista. Pero necesitamos ideas de todos para combatir los ataques. ¿Qué sugieres?

—Podemos organizar planes de trabajo para generar estrategias defensivas, sin mencionar la sospecha de un colaborador interno. Podemos enfocarnos en mejorar nuestras defensas cibernéticas, implementar sistemas de detección de intrusiones más avanzados y reforzar nuestras buenas prácticas de ciberseguridad.

—Me parece una buena idea, Marcus. Voy a organizar una reunión con los principales responsables de seguridad para discutir las medidas a implementar. También pediré que revisen nuevamente los algoritmos que controlan todos los accesos a nuestra seguridad y la protección que brindamos a nuestros asociados.

Laura llama a Samuel por el celular, su voz teñida de preocupación y con la necesidad de compartir sus inquietudes con quienes realmente confía.

—Samy, cariño, ¿dónde estás? —pregunta Laura, con una mezcla de ansiedad y afecto.

—En Whitmore, mami, ¿por qué? —responde Samuel, captando la inquietud en la voz de su madre.

—Necesito saber si el software que sugeriste es muy complicado para integrarlo en nuestros sistemas. Estamos experimentando nuevas intrusiones y me siento paranoica. Estoy comenzando a desconfiar de todos. No quiero cometer errores, así que prefiero confiar en un algoritmo —admite Laura, con la voz temblando ligeramente, revelando su vulnerabilidad.

Samuel sonríe al otro lado de la línea, sintiéndose conmovido por la confianza de su madre en su experiencia.

—Mmm, tal vez tengas razón en no confiar tanto en los humanos y sí en que la inteligencia artificial te ofrezca soluciones —responde Samuel con suavidad, y luego, con una risa cálida, añade—. Si quieres que te asesore, voy a preguntarle a mi jefe si me permite tener clientes externos.

Samuel sonríe, aliviando la tensión de la conversación. Laura siente una oleada de satisfacción y orgullo al ver el buen humor de su hijo, sabiendo que está inmerso en lo que le apasiona.

—Gracias, mi amor. Creo que tu jefe va a aceptar estos clientes que le estás trayendo. Me hace tan feliz verte tan entusiasmado y saber que puedo contar contigo. Siempre he creído en ti, y hoy más que nunca. Me recuerdas a otro joven de quien heredaste esa mente analítica, brillante y apasionada por la tecnología, con una curiosidad insaciable —la voz de Laura refleja amor y orgullo maternal, sintiéndose agradecida y reconfortada por la satisfacción de Samuel—. No hay duda de que tú y Mila tienen una habilidad innata para entender y manipular sistemas informáticos complejos. No te imaginas lo orgullosa que estoy de ustedes, aunque a veces me resultan demasiado inteligentes e inquisitivos. Los quisiera un poco más sosegados y controlados con las palabras —Laura sonríe—. Bueno, realmente no sé si los aguantaría si fueran diferentes.

—Mami, ¿ya estás más relajada? Vete a salvar al mundo que yo voy a averiguar lo que necesitas.

—Beso enorme, mi cielo, no cambies nunca. Ya estoy más tranquila.

Capítulo 37

Laura mantiene una reunión con el departamento legal de AGDC en la amplia sala de conferencias. Los ventanales permiten observar cómo se extiende la ciudad bajo el cielo plomizo de Londres. Dentro de la sala, el ánimo de Laura no está muy distante de ese color. Se encuentra en un estado de ánimo sombrío y gris, dominado por una profunda preocupación y una creciente depresión. Su rostro refleja una constante tensión, con cejas fruncidas y una mirada perdida. Sus pensamientos están nublados por la incertidumbre y el temor, mientras siente el peso de los problemas que enfrenta.

La tensión es palpable mientras escucha atentamente a los abogados que exponen la gravedad de la situación. La investigación de Scotland Yard sigue su curso por los delitos de fraude financiero, blanqueo de dinero y conspiración criminal, y Laura está en el centro de la tormenta.

El departamento legal explica que están reuniendo todas las pruebas posibles que demuestren su inocencia: correos electrónicos, registros de llamadas, documentos financieros y cualquier otro rastro digital que pueda corroborar su versión de los hechos. Debido al tipo de actividad que se realiza en AGDC, ya han contactado con expertos en informática forense para que se dediquen exclusivamente a detectar la manipulación y las evidencias de actos realizados por terceros.

Los bancos afectados ya han sido contactados y están enviando las evidencias de las operaciones para su análisis. Asimismo, se están obteniendo reportes de especialistas en finanzas y ciberseguridad para explicar cómo se pueden falsificar pruebas digitales y para demostrar la plausibilidad de la teoría de la conspiración en contra de Laura.

—Laura —Henry Ward, el abogado que la visitó en Scotland Yard, se dirige a ella desde el otro lado de la amplia mesa de conferencias—. Estamos preparando una defensa legal robusta, destacando tu meritoria labor en la lucha contra el crimen cibernético, la falta de motivos para cometer los delitos de los cuales te culpan y tu historial impecable en la empresa. Utilizaremos testimonios de colegas, superiores y expertos para reforzar tu integridad y ética profesional.

A pesar del espíritu elevado que todos los asistentes mantienen, cada palabra que Laura escucha de los abogados parece sumergirla aún más en un pozo de desesperanza. La preocupación se manifiesta en su constante necesidad de revisar y reconsiderar cada detalle de la situación, aunque esto no le aporte ninguna solución clara.

—Entiendo que están haciendo lo humanamente posible por desarrollar una defensa acorde con mi inocencia; sin embargo, esta situación me sobrepasa. Aunque como organización estamos enfrentando momentos sumamente delicados frente a ataques organizados y disruptivos del funcionamiento normal de diferentes organismos a nivel global, yo voy a colaborar también en la investigación para descubrir de qué forma realizaron la suplantación de mi identidad. De todas formas, quiero saber las penas que se imponen para esta acusación en mi contra —expresa Laura, con la información que recibe trayéndole poco consuelo y aumentando su ansiedad.

Ward trata de minimizar este aspecto de la conversación; sin embargo, Laura insiste en conocer todos los aspectos relacionados con la imputación.

—Laura, una condena por fraude financiero puede llevar a penas de prisión significativas, típicamente de 5 a 10 años, dependiendo de la magnitud del fraude que determinen y el monto del dinero involucrado —Ward se mantiene concentrado en los documentos frente a él, sin levantar la cabeza. —Las penas por blanqueo de dinero pueden variar, pero generalmente implican sentencias de prisión de 2 a 14 años, además de fuertes multas y la confiscación de bienes relacionados con la actividad delictiva. Y la conspiración criminal puede acarrear penas adicionales, con sentencias de hasta 10 años de prisión, especialmente si se demuestra que hubo una organización planificada detrás de los delitos —Ward eleva la cabeza, mira primero a su alrededor y luego a Laura. —Eso no tiene que mortificarte; tú no eres una delincuente ni hiciste lo que ellos investigan. Las fuerzas de seguridad son minuciosas en sus averiguaciones. Saben quién eres y a quién están indagando.

Los términos legales complicados y las posibles consecuencias legales dejan a Laura sintiéndose impotente y abrumada.

—Entiendo, por lo que hablamos previamente, que esto trae acarreado multas significativas y confiscación de bienes.

—Vuelvo a repetir —Ward se mueve incómodo en su asiento— hipotéticamente es así, pero, Laura, sabemos que tu caso es diferente.

—Aunque, en forma general y normal, soy una persona optimista, en esta situación, como extranjera y bajo la ley de un país al que he llegado como visitante y donde estamos tramitando mis permisos laborales, concédanme sentirme sumamente angustiada. Confío en ustedes y en su profesionalismo, quedo en sus manos. Sé que esta es hoy una batalla en la que ustedes están comprometidos conmigo y con AGDC, porque hoy soy yo, y mañana podría ser cualquier otro miembro de la Alianza Global.

Hoy ha sido un día duro. Los eventos profesionales y personales han afectado su estado emocional, manteniéndola en un ciclo de pensamientos oscuros y desesperanzadores. Laura recoge su bolso, se despide de sus interlocutores agradeciendo sus esfuerzos y abandona la sede de AGDC.

Laura sale de la reunión sintiendo que el peso de la situación es casi insoportable. Su corazón late rápidamente y sus manos tiemblan ligeramente mientras sale del edificio y se dirige apresuradamente hacia las oficinas de Greg. Cada paso que da está impulsado por una mezcla de desesperación y la esperanza de encontrar consuelo.

Laura avanza por las caminerías de Paddington Basin e ingresa al edificio de las oficinas de Whitmore Technologies sin poder casi mantener la compostura. Greg, que ya ha sido informado de su llegada, sale rápidamente a recibirla. Al verla, Greg no necesita ninguna explicación; la angustia y la desesperación en los ojos de Laura lo dicen todo.

Sin dudarlo, Greg la envuelve en un abrazo fuerte y protector. Laura se aferra a él, sintiendo cómo las lágrimas comienzan a correr por sus mejillas. El abrazo de Greg es cálido y seguro, proporcionando el primer momento de alivio que ha sentido en horas. Greg la sostiene firmemente, permitiéndole descargar parte de su dolor en ese momento de conexión. Suavemente, Greg la guía hacia su oficina privada, alejándola de las miradas curiosas y del bullicio de la recepción. La oficina de Greg es un refugio tranquilo, decorado con tonos cálidos y acogedores que contrastan con el frío exterior del mundo corporativo.

Una vez dentro, Greg cierra la puerta y la lleva hasta un cómodo sofá. Se sienta a su lado, manteniendo su brazo alrededor de su espalda, ofreciendo un soporte silencioso pero poderoso. Laura, sollozando ligeramente, comienza a hablar, explicando entre lágrimas y suspiros la angustia que la reunión con los abogados le ha causado.

—Con todo lo que he atravesado, nunca me sentí tan descorazonada. Todo parece tan oscuro, tan... sin salida —dice Laura, su voz quebrándose—. Me han creado una situación tan comprometida que la conversación con los abogados me trajo solo angustia. Quise saber sobre las penas que penden sobre estas acusaciones y me equivoqué al preguntarlas —Laura se larga a llorar desconsoladamente, ahogándose mientras trata de explicarle a Greg. — Fue peor; no debí preguntar porque siento que una espada, o la misma guillotina, está por caer sobre mi cabeza.

Greg escucha atentamente, sin interrumpirla, y luego la abraza con firmeza, atrayéndola hacia su pecho. Siente la calidez de su piel contra la de ella, creando una conexión íntima y reconfortante. La cercanía y el contacto piel a piel le ofrecen un consuelo tangible, algo que las palabras por sí solas no pueden proporcionar. Greg asiente y muestra empatía con cada palabra que Laura pronuncia, su corazón latiendo en un ritmo calmado y constante, proporcionando un ancla para la mente agitada de Laura.

Poco a poco, la respiración de Laura se vuelve más regular y el torrente de emociones comienza a calmarse. El abrazo y el apoyo de Greg la ayuda a recuperar la calma y su fortaleza.

Capítulo 38

Samuel, guiado por la experiencia y el conocimiento de Greg, se aboca a desarrollar un software que pueda ayudar a su madre a encontrar al topo dentro de las operaciones de AGDC, el cual ha permitido que otros la involucren en delitos por los que ha sido imputada.

El tiempo que le llevaría a un desarrollador experimentado podría llegar a ser de un año para completar todas las etapas necesarias. Después de analizar las posibilidades, Samuel se acerca a Greg, desilusionado, porque el tiempo necesario excede la urgencia del tema.

—Greg, creo que este software específico es inalcanzable para el uso que queremos darle. Es demasiado el tiempo que necesitaríamos para desarrollarlo —dice Samuel, parándose frente a Greg con los hombros caídos, que claramente lo muestran derrotado. Su mirada, fija en el suelo, evita el contacto visual, y su expresión facial refleja una mezcla de frustración y desaliento. Sus labios están apretados y su ceño ligeramente fruncido muestra la tensión que siente. Samuel respira profundamente, como si estuviera cargando un peso invisible. Se pasa una mano por su cabello, despeinándolo aún más, y se balancea ligeramente sobre sus pies, buscando palabras.

Greg observa a Samuel, percibiendo su profunda sensación de impotencia.

—Ven, Samuel, ven conmigo al laboratorio de desarrollo de software y, mientras tanto, piensa en qué opciones tendríamos para agilizar su creación.

Samuel lo sigue por los pasillos que conducen a las diferentes secciones, atravesando el Laboratorio de Análisis y Diseño de Requisitos, el de Modelos de IA, el de Desarrollo de Software y el de Infraestructura y [19]DevOps. En otros pisos se realizan las Pruebas y Control de Calidad, la gestión de proyectos, las investigaciones y desarrollos, y hay un piso dedicado enteramente al marketing, ventas y recursos humanos.

Greg y Samuel ingresan al laboratorio. Greg lo presenta como un nuevo colaborador y lo conduce hacia una estación de trabajo con un escritorio ajustable que permite trabajar de pie o sentado. Frente a ellos hay una pizarra blanca y otra de cristal, ideales para diagramar ideas.

Greg se acomoda frente a las pizarras y mira a Samuel con expectación y una amplia sonrisa de aliento.

---

[19] DevOps es una metodología que combina desarrollo de software (Dev) y operaciones (Ops) para acelerar la creación y mejora de aplicaciones mediante la colaboración y automatización.

—Bien, Samuel —dice Greg—, ¿por qué no me diagramas el desarrollo del software que tienes en mente?

Samuel asiente y se acerca a la pizarra blanca, tomando un marcador.

—Claro. La idea es construir un sistema de monitoreo de usuarios que utilice inteligencia artificial para detectar comportamientos anómalos. Aquí está la estructura general de lo que pensé —comienza a diagramar detalladamente los pasos desde la recopilación de datos hasta la elaboración y visualización de los reportes, mientras Greg lo sigue atentamente y otros espectadores se suman alrededor.

Samuel da un paso atrás y mira el diagrama en la pizarra.

—Básicamente, Greg, esta es mi idea. El objetivo es crear un sistema robusto que pueda identificar y alertar sobre posibles intrusos o movimientos sospechosos de manera eficiente y efectiva. Sin embargo, el desarrollo de toda esta estructura lleva demasiado tiempo para la urgencia que tenemos.

Greg asiente, impresionado.

—Samuel, esto es exactamente lo que necesitamos. Vamos a trabajar juntos para llevar esta idea a la realidad —Greg le revuelve el pelo y le palmea la espalda—. Pero te voy a informar algo que te va a alegrar: cuando desarrollas en un laboratorio, no es necesario que empieces de cero porque siempre hay etapas que puedes tomar de otros emprendimientos y desarrollos. Se puede utilizar un modelo pre-entrenado en una tarea similar y ajustarlo con los datos específicos del nuevo problema. Aceleras el desarrollo, reduces costos y mejoras incluso la calidad del nuevo producto. Nosotros podemos apoyarnos en el SentinelAI que desarrollamos para AGDC.

Los espectadores de la demostración de Samuel aplauden cuando Greg termina de hablar, asombrados por la claridad del diagrama de Samuel.

—Greg, encontraste un genio.

—No lo encontré, me lo trajeron a casa —Greg sonríe y presenta a Samuel a los desarrolladores e ingenieros presentes en el laboratorio.

—La generación de relevo es cada vez más joven, Greg, vas a tener que preparar unos salones escolares para cumplir con las normas educativas del estado.

Samuel sonríe y se siente feliz de poder ser parte de la cofradía. Mira a Greg agradecido y reconoce que su madre tenía razón cuando le decía que el cambio de país iba a traer cambios beneficiosos para sus vidas.

Capítulo 39

Laura sale de su oficina y camina lentamente por las caminerías de Paddington Basin en dirección a la oficina de Greg. Estos últimos meses han sido agotadores debido a la amenaza constante de los ciberdelincuentes, que golpean continuamente esperando romper la guardia de los sistemas y poder asestar un golpe grande y definitivo. Laura se siente cansada. Si no hubiese caído víctima de los piratas y, por lo tanto, en manos del departamento legal para salir del embrollo, estaría dispuesta a pedir una licencia de varios meses para recomponer su vida y disfrutar de los cambios. Le envía un mensaje a Greg y se queda sentada en uno de los jardines.

—Mamá, saliste más temprano. Greg me avisó que ya estabas aquí, él baja enseguida. Mila se quedó estudiando en la casa, e iba a ayudar a Sophia para un examen —dice Samuel, cuando ve a su mamá caminando y se sienta junto a ella en el banco, junto a uno de los senderos.

—¿Cómo te sientes? Casi no he tenido tiempo de conversar contigo en estos últimos días. ¿Cómo ha estado el colegio? ¿Extrañas el de Montevideo?

—No, estoy cómodo aquí. James me ha acompañado los

primeros días y sus compañeros me integraron a su grupo. No tuve oportunidad de decirte que tenías razón. Estoy contento de estar acá.

Laura sonríe y lo abraza.

—Me estás diciendo lo preciso para hacerme sentir bien. Los últimos tiempos no han sido los mejores para mí, pero esto que me dices me llena el alma. Además, Greg no deja de alabarte y repetirme que lo dejas asombrado cada día con tus recursos y juicio. Estoy feliz de que puedas desarrollar tu potencial dentro de un ambiente ordenado y con un mentor a tu lado.

Samuel larga una carcajada.

—No sé si el mentor no va a botarme al final, porque le hago trabajar doble —dice Samuel, mostrando su satisfacción tanto en su expresión como en su cuerpo—. Ahí está saliendo Greg, vamos, mami.

Greg saluda con la mano cuando los ve y va al encuentro de ambos. Se agacha para abrazar a Laura y besarla, mientras Samuel mira hacia adelante. A pesar de todos los últimos desenvolvimientos, Samuel aún se cohíbe cuando su madre y Greg tienen expresiones de cariño en público. Apura el paso para ir caminando adelante hacia el transporte público.

—Parece que no tuviste un gran día en AGDC, cuéntame.

—Los días no son buenos desde que llegué, pero trato de superarlos de la mejor manera. Cada reunión con el equipo legal me revuelve el interior. En cuanto salga de esto, voy a pedir por lo menos un año de licencia y voy a esperarlos en casa cocinando o simplemente leyendo novelas. Tal vez renuncie a AGDC y me dedique a realizar consultorías.

—Buena idea todo lo que planteas. Podríamos viajar o simplemente quedarnos juntos en el jardín mirando el cielo...

Laura aprieta la mano que la tiene sujeta.

—Gracias por acompañarme también en mis sueños y no dejarme sola en mis burbujas de deseos. Algún día saldré de esta pesadilla que estoy viviendo —dice Laura, mientras le pasa la mano por la espalda y apoya su cabeza por unos instantes sobre el pecho de Greg—. Samuel me contó lo contento que está. Fue tan crítico en la previa al viaje que verlo así me reconforta profundamente. Celebro no hacerme mala sangre por sus expresiones; celebro haber escuchado a su terapeuta cuando me recomendó calma con los adolescentes y sus montañas rusas emocionales. Me enseñó a dejar pasar el mal momento en silencio y esperar una mejor oportunidad para conversar.

—Tendríamos que hacerle un reconocimiento público —Greg gira e inclina la cabeza mirando a Laura con una sonrisa—. Nos ayudó a ambos. Si yo no hubiese escuchado tus sugerencias, ambos estaríamos desquiciados —Laura le devuelve la sonrisa y le lanza un beso al aire.

—Sabes que, en este momento, y según el departamento legal, estoy infringiendo todas las normas legales y debería quedarme en casa porque no solo estoy bajo investigación de Scotland Yard, sino que no puedo trabajar porque no tengo mi visa de trabajo y, con el pasaporte retenido y mi situación legal, no pueden tramitar ningún permiso.

—Laura, eso lo vamos a modificar inmediatamente —Greg aprieta con mayor intensidad la mano apoyada en la cintura de Laura—. ¿Dónde quisieras casarte? ¿Tal vez en los jardines Kew? ¿En una oficina de registro cerca de nosotros o en el London Eye?

Laura lo mira sorprendida.

—Si te casas con un ciudadano británico, es decir, conmigo, tu estatus migratorio cambia al de cónyuge de un ciudadano británico, lo que te permite solicitar un visado de cónyuge. Con este visado, tienes derecho a residir y trabajar aquí legalmente. Luego podrías obtener la residencia permanente y, eventualmente, la ciudadanía británica. Ya lo averigüé antes pensando en tu llegada. No es algo que se me ocurrió ahora, pero sí es algo a lo que no puedes negar su urgencia, ahora. Hace mucho tiempo que quiero que cambiemos nuestro estatus, pero ahora que ya estás aquí es el momento —Greg se detiene, atrae a Laura hacia sí y la besa apasionadamente.

Samuel, que se voltea a ver dónde están sus adultos, los ve, revuelve los ojos y continúa caminando más rápido.

—¿Tengo que responder?

—Espero que tu respuesta sea la que anhelo —Greg la atrae más hacia él, mientras su voz refleja la alegría que siente en su interior.

—Sí, quiero, y me parece que tu primera opción es muy bonita y romántica. Kew Gardens es un lugar fascinante para casarse. Por favor, con un máximo de veinte personas de testigos, incluyendo a los seis que formamos el núcleo hogareño. El último me pareció demasiado agresivo. No creo tener fobia a las alturas, pero me mareo, y una cápsula en el London Eye no sería de mis lugares agradables para casarnos.

—Déjame organizarlo y le aviso a mis padres que el domingo vamos a visitarlos y les comentamos la novedad. Espero que no tengan una invitada en la mesa para presentarme —y ambos se largan a reír.

Capítulo 40

La Central Nuclear de Fukushima Daiichi está ubicada en la ciudad de Fukushima, Japón. La construcción comenzó en 1967, y la planta inició sus operaciones en 1971. La planta cuenta con seis reactores nucleares, los cuales han estado en operación a lo largo de los años.

El 11 de marzo de 2011, un terremoto de magnitud 9.0 y un tsunami devastador golpearon la costa este de Japón, afectando severamente la Central Nuclear de Fukushima Daiichi. El tsunami inundó las instalaciones, lo que provocó la pérdida de energía eléctrica para los sistemas de refrigeración de los reactores, causando el sobrecalentamiento y el colapso de los núcleos de los reactores 1, 2 y 3. Esto resultó en explosiones de hidrógeno y la liberación de material radiactivo al ambiente.

El accidente en Fukushima Daiichi es uno de los peores desastres nucleares de la historia, comparable con el desastre de Chernobyl en 1986. Más de 100,000 personas fueron evacuadas de las áreas circundantes debido a la contaminación radiactiva.

Desde el accidente, la planta ha enfrentado múltiples emergencias, incluyendo problemas con el manejo del agua contaminada, la gestión de los desechos radiactivos y la seguridad estructural de los edificios de los reactores. Los esfuerzos para enfriar los reactores y gestionar la contaminación han sido complicados y costosos.

El proceso de desmantelamiento de la planta de Fukushima Daiichi es un proyecto a largo plazo que se espera que dure varias décadas. Se está llevando a cabo en fases para asegurar la seguridad y el manejo adecuado de los residuos radiactivos. Se están realizando esfuerzos para retirar el combustible nuclear gastado de los reactores y gestionar el agua contaminada almacenada en grandes tanques.

Las alarmas están sonando enloquecidas en la AGDC y en todos los centros mundiales cuyo interés está en la seguridad cibernética. La seguridad cibernética en las instalaciones nucleares, incluidas las de Fukushima, es una prioridad debido a la sensibilidad de la infraestructura crítica.

Aunque se implementan múltiples capas de seguridad para proteger contra ataques cibernéticos, incluyendo medidas físicas, sistemas de detección de intrusiones, firewalls, encriptación de datos y auditorías de seguridad regulares, no se puede garantizar una protección completa contra todos los posibles ataques cibernéticos. Las amenazas evolucionan, y los atacantes pueden desarrollar nuevas técnicas para comprometer sistemas.

Las alarmas indican que la central atómica de Fukushima está bajo ataque cibernético.

—Laura, aunque tenemos el problema de tus permisos laborales, te necesitamos urgentemente aquí. Ni siquiera podemos aceptar tu experticia en remoto, te necesitamos urgentemente aquí, después veremos cómo superamos la situación si surgen problemas —Francisco Ramírez Cuello la ordena a presentarse, algo inédito e impensable en su relación con la AGDC. — Laura, por favor, la central atómica de Fukushima está tomada por ciberdelincuentes y necesitamos a los mejores expertos profesionales para enfrentar esta emergencia.

—Francisco, tranquilo, en minutos salgo. No tardo mucho en llegar; voy a pedir un Uber que esperemos sea más rápido que el Tube.

Mientras Laura viaja en el Uber, observa en la pantalla que el chofer tiene en la parte superior del espejo retrovisor los reportes de la BBC sobre el secuestro cibernético de la central atómica japonesa y la espera de más información para saber quiénes son, qué quieren y qué demandas tienen. A continuación, los periodistas de la BBC, sin ningún control, comienzan a emitir opiniones bastante alarmistas que, sin duda, no están pasando por el filtro de una cobertura periodística responsable. El chofer del Uber expresa su temor frente a lo que escucha.

—Mi familia está en Corea del Sur, a menos de 400 km de la central atómica —dice con voz temblorosa—. No puedo evitar pensar en lo que podría pasar si esto se sale de control. Me preocupa su seguridad, y no puedo hacer nada desde aquí. Es aterrador no saber qué va a pasar ni cómo nos afectará a todos nosotros.

—Así es, es muy preocupante, pero seguramente ya estarán activados todos los organismos que luchan contra el cibercrimen.

—Pero si ellos tomaron la central, ellos son los que tienen la ventaja.

—Bueno, hay que ver qué están solicitando. Creo que hay que confiar en que las fuerzas de seguridad también tienen armas para disuadir y vencer.

—¿Usted cree? —El chofer gira la cabeza y observa a Laura, dubitativo—. Yo creo que el fin del mundo va a llegar a través de las máquinas. Espero equivocarme. Aquí estamos, señora. Mucha suerte, y ojalá que estos delincuentes sean derrotados.

—Esperemos que así sea, que las fuerzas del bien venzan a las malignas y que podamos seguir construyendo.

Laura lo deja con una esperanza de la que ella misma duda. Este ataque significa la muerte para el planeta, incluyendo para los perpetradores, y eso la deja muy pensativa.

Capítulo 41

Laura ingresa y se dirige directamente hacia la oficina de Francisco.

—Aquí estoy, Francisco. Diría "buenos días", pero es difícil saludar así. Ya escuché en el Uber que los medios lo están difundiendo.

—Ya vi la cobertura de la BBC, fatal —acota su jefe—. Si a mí me asustó, imagínate al hombre común de la calle…

—Luego te cuento la conversación con el chofer del Uber, por ahora dime qué tenemos.

Francisco se frota las sienes y suspira profundamente antes de responder.

—Los ciberdelincuentes han avisado que tienen tomada la central atómica, pero aún no han pedido nada. Parece una estrategia para infundir el máximo miedo posible antes de plantear sus demandas. Nuestros expertos están trabajando sin descanso desde que sonaron las alarmas, como bien sabes, para intentar rastrear el origen del ataque, pero hasta ahora no han tenido mucho éxito. La situación es crítica.

Laura asiente, procesando rápidamente la información.

—¿Y qué dicen las autoridades japonesas?

—Están en estado de emergencia. Han establecido un perímetro de seguridad alrededor de la central y están trabajando en coordinación con agencias internacionales para manejar la crisis. La prioridad ahora es evitar cualquier daño potencial a la planta y, sobre todo, a la población circundante. Pero, como sabes, la incertidumbre es nuestra peor enemiga en este momento.

Laura se recuesta en la silla, reflexionando sobre la magnitud de la situación.

—Francisco, ¿tenemos alguna pista sobre quiénes podrían ser? ¿Algún grupo conocido ha reivindicado el ataque?

Francisco niega con la cabeza.

—Nada concreto. Los pocos mensajes que hemos interceptado son vagos y no reivindican el ataque en nombre de ningún grupo específico. Podría ser cualquiera, desde un grupo terrorista hasta [20]hacktivistas buscando causar pánico. Necesitamos más información y tiempo, pero eso es justamente lo que no tenemos.

Laura se levanta y comienza a caminar por la oficina, pensando

---

[20] Hacktivistas son personas que usan sus habilidades informáticas para promover causas políticas o sociales, a menudo mediante hackeos y acciones en línea.

en los próximos pasos.

—Bien, debemos preparar un plan de comunicación. Mantener a la gente informada y tranquila será clave. No podemos permitir que el pánico se propague más de lo que ya lo ha hecho.

Francisco asiente, tomando nota.

—De acuerdo, trabajaré en eso de inmediato. También debemos coordinar con nuestros equipos de relaciones públicas para asegurarnos de que la información que difundimos sea clara y precisa.

Laura se detiene y mira a Francisco a los ojos. Su expresión es grave, pero determinada.

—Francisco, sé que esto es enorme, pero hemos enfrentado crisis antes. Lo más importante ahora es mantener la calma y hacer nuestro trabajo lo mejor posible. Confío en que saldremos de esta. Hay otra cosa que quiero plantearte. Mi hijo Samuel, preparó un software con inteligencia artificial para investigar los movimientos dentro de nuestro sistema y detectar quién podría ser el topo. Si en estos momentos logramos encontrarlo, él podría llevarnos a quienes lo contrataron.

—¡Actívalo!. Tus ideas, tus herramientas y tus direcciones son lo que necesitamos. Incluso puedes traer a tu hijo para que, siendo el programador, pueda hacerlo correr en nuestro sistema.

—Gracias, Francisco. Ya lo llamo; está en el colegio, pero esta es una ocasión en la que es más importante su actividad afuera que dentro del aula. Mientras todos los demás investigan un aspecto, nosotros vamos a tratar de llegarles por otro flanco. Roguemos que lo que imagino en mi cabeza pueda convertirse en un arma contra esta plaga y terminar con ellos de una vez.

Laura llama al celular de Samuel.

—Mami, ¿qué pasó? ¿Qué haces llamándome al celular? —Samuel responde susurrando.

—Samuel, pide permiso, sal del aula y vete a la dirección. En instantes voy a llamarlos para que te permitan salir, montarte en un Uber y venir a la AGDC.

—OK, ¿qué pasó? ¿Qué haces tú allí?

—Luego te cuento, sal.

Laura hace una llamada de video a la secretaría del colegio explicando la urgencia de que Samuel salga. Para que quede registrado, realiza una detallada explicación de la situación y la razón por la que necesitan a Samuel y el uso de su software. La secretaria no se siente autorizada y le pasa la comunicación al director, o "Headteacher" como lo llaman los alumnos. El director, que está al tanto de las noticias, le otorga inmediatamente el permiso, expresando su asombro y deseos de esperanza y éxito.

Capítulo 42

Samuel entra a AGDC serio y concentrado. Laura lo observa y sabe que en su imaginación está entrando [21]Tony Stark o Luke Skywalker. Sus ojos lo delatan, y su madre reconoce el lenguaje corporal. Sonríe para sus adentros, lo recibe con un abrazo y lo lleva a la central donde están todas las pantallas.

—¿Estás listo para demostrar lo que puede hacer el hijo de Federico Trend? —Laura lo mira amorosamente y le indica dónde cargar su software.

—Mamá, soy optimista y, además —cruza los dedos—, aquí no solo soy hijo de Federico, sino también heredero de Laura Trend.

Laura sonríe orgullosa; en estas situaciones extremas vale recordar lo que nos une. Samuel se acomoda, busca los puertos USB y deja correr su software. Aunque imperceptible, Laura nota cómo le tiemblan las manos y reconoce que este momento es crucial para su hijo.

Los dedos de Samuel tamborilean nerviosamente sobre el teclado mientras observa la pantalla de la computadora. El

---

[21] Tony Stark es el superhéroe Iron Man, y Luke Skywalker es un Jedi de Star Wars.

código que ha escrito con tanto esmero está a punto de ser probado en el sistema por primera vez. El software que ha creado no es cualquier proyecto; es una herramienta diseñada para descubrir a un enemigo silencioso que ha estado filtrando información confidencial durante meses. A su lado, Laura observa con la misma mezcla de tensión y esperanza.

La sala está en silencio, salvo por el suave zumbido de las computadoras y el susurro ocasional de los ventiladores de refrigeración. Samuel siente un nudo en el estómago mientras prepara el entorno de prueba. La expectativa es palpable. Cada línea de código representa horas de trabajo, noches sin dormir y un sinfín de conversaciones con Greg para integrar códigos listos y duplicados de otros rastreadores. Laura le ofrece una sonrisa de aliento, sabiendo cuánto ha invertido en este proyecto.

Respira hondo, tratando de calmar los nervios. La curiosidad lo carcome por dentro. ¿Funcionará el software como espera? ¿Podrá finalmente desenmascarar al traidor? Ha puesto toda su creatividad y habilidad en este proyecto, y ahora es el momento de la verdad. La esperanza se mezcla con una previsión de posibles errores; después de todo, el software siempre tiene una manera de sorprenderte cuando menos lo esperas.

Con un clic firme, inicia la ejecución del programa. La emoción recorre su cuerpo como una corriente eléctrica; sus ojos están fijos en la pantalla, observando cada línea de salida que aparece. Cada segundo que pasa parece una eternidad. El nerviosismo está en su punto máximo, sus manos ligeramente temblorosas mientras espera que el sistema responda. Laura, a su lado, contiene la respiración, compartiendo su ansiedad.

El primer módulo pasa la prueba. Luego, el segundo. Samuel siente un destello de satisfacción, una chispa de esperanza que crece con cada resultado positivo. Pero entonces, una línea de error aparece en rojo brillante en la consola. La frustración lo golpea como un balde de agua fría. Susurra una maldición, con los dientes apretados, mientras analiza el mensaje de error. Laura coloca una mano reconfortante en su hombro. Es un problema menor, algo que puede arreglar rápidamente, pero no deja de ser un contratiempo.

A medida que corrige el error, la duda comienza a infiltrarse en su mente. ¿Ha considerado todos los posibles escenarios? ¿Y si hay otros problemas ocultos esperando a surgir? Sin embargo, no hay tiempo para vacilar. Reinicia el programa, observando con atención redoblada. Laura le ofrece un pequeño asentimiento de apoyo, recordándole que no está solo en esto.

Finalmente, tras lo que parecen horas, aunque solo son unos minutos, el software corre sin problemas. El alivio es casi abrumador, y Samuel se permite un pequeño suspiro de satisfacción. Ha hecho funcionar su creación. El sistema está operativo y listo para desenmascarar al topo, o eso espera. Una oleada de orgullo lo invade, una sensación de logro que hace que todas las noches sin dormir valgan la pena. Laura le da un apretón en el brazo, sonriendo con orgullo.

Pero ahora hay que dejarlo correr, esperar respuestas y analizar resultados.

Con el programa en marcha, Samuel y Laura se preparan para la siguiente fase: monitorear y analizar los informes que el software generará. Durante las siguientes horas, el sistema recopila datos y registra cada acción dentro de la red de AGDC. Samuel ha configurado el software para que detecte cualquier anomalía o alteración en las funciones críticas de seguridad.

Pasadas algunas horas, mientras aún no se tiene más información de los ciber terroristas en la central atómica japonesa, el software comienza a arrojar alertas. Samuel y Laura se sientan juntos frente a la pantalla, observando las notificaciones que aparecen.

—Mira esto —dice Samuel, señalando un informe que destaca una desactivación inusual de ciertas funciones—. Alguien ha desactivado los bloqueos que detendrían a los ciberdelincuentes.

Samuel profundiza en los detalles del informe. El software ha registrado las horas exactas en las que se realizaron las desactivaciones y ha asociado estas acciones con cuentas de usuario específicas.

—Aquí está la clave —murmura, su dedo recorriendo la pantalla—. Cada cambio tiene una huella digital, una marca de quién y cuándo se hizo.

Laura asiente, su mirada fija en los datos.

—Tenemos que revisar los registros de actividad de cada usuario que estuvo activo en esos momentos.

Inician el análisis de los informes detallados. El software ha capturado los registros de cada operación, desde el inicio de sesión hasta cada comando ejecutado. En medio de esta maraña de datos, Samuel encuentra un patrón.

—Mira esto, mami —dice, destacando una serie de entradas—. El mismo usuario ha estado presente en cada momento crítico cuando se desactivaron las funciones de seguridad.

—¿Quién es? —Laura se inclina hacia adelante, su interés potenciado.

Samuel examina más de cerca la identificación del usuario.

—Es el operador con el ID 'AGDC-3247'. Necesitamos identificar a quién pertenece esta cuenta.

Consultan el directorio de empleados de AGDC. La cuenta 'AGDC-3247' está asignada a Takeshi Nakamura. Laura queda congelada en su asiento y se toma la cabeza con las manos.

—No es posible, Samuel, lo que estamos viendo no es posible. Él fue el primero que me alertó después de que yo encontré la falla del atajo.

Samuel no se detiene ahí.

—Necesitamos más pruebas. Vamos a revisar sus patrones de comportamiento y sus correos electrónicos, cualquier cosa que pueda darnos una pista sobre sus motivos y actuaciones.

Durante las horas siguientes, revisan comunicaciones y registros adicionales. Encuentran correos electrónicos sospechosos y patrones de comportamiento que coinciden con las actividades de sabotaje.

—Aquí está, — dice Samuel finalmente. —Hay correos encriptados enviados a direcciones desconocidas, y órdenes de trabajo que no coinciden con sus tareas asignadas.

Laura está sobrecogida, no tiene fuerzas para aceptar las pruebas que le muestra Samuel.

— Mamá, tienes suficiente para confrontarlo y llevar esto a la directiva. —Samuel guarda todos los informes y evidencia recopilada. — Mamá puedes exponer a Takeshi o puedes presionarlo para que te diga con quienes se asoció y por qué.

Capítulo 43

Laura observa por la ventana con una expresión de profunda preocupación. Esta traición no la vio venir, ni siquiera la imaginó en sus pensamientos más oscuros. Para ella, significa una puñalada a sus creencias, ya que cuando analizó quién podría ser el topo, jamás lo delineó en su imaginación como Takeshi.

Francisco, el director ejecutivo global de AGDC, llega puntualmente, como siempre, con una taza de café en la mano y una carpeta llena de documentos en la otra. Se dirige directamente hacia la oficina donde Laura ha estado trabajando. Nota la tensión en el aire y deja el café en la mesa sin decir una palabra. Laura está de pie, seria y circunspecta, esperando.

—Francisco, siéntate, por favor —dice Laura finalmente, dándole la espalda a la ventana y dirigiendo su mirada seria hacia él. Francisco obedece al tono grave de su subordinada, que sin duda debe tener noticias tan graves como las que están recibiendo constantemente.

—Tenemos un problema delicado, y debemos actuar con la máxima discreción —comienza Laura, sentándose frente a él y entrelazando los dedos sobre la mesa—. Hemos identificado al topo que ha estado filtrando información a los ciberdelincuentes.

Los ojos de Francisco se ensanchan, y su mente empieza a correr con posibles nombres y escenarios. Laura continúa antes de que él pueda decir algo.

—Es Takeshi Nakamura —dice ella con firmeza y congoja.

Francisco se queda boquiabierto, incapaz de procesar de inmediato la revelación. Takeshi, su compañero y amigo, el hombre que siempre ha mostrado lealtad inquebrantable.

—Pero... ¿cómo...? —comienza a preguntar, y Laura lo interrumpe.

—No tenemos tiempo para preguntas ahora. Necesitas saber que la situación es mucho más grave de lo que parece. Los ciberdelincuentes tienen control sobre la central de Fukushima, a pocos cientos de kilómetros de donde viven Takeshi y su familia. El hecho de que él haya sido el factor que les permitió avanzar tanto en los ataques a los centros financieros y que hoy los tenga, amenazando el patio de su casa, es un elemento que juega totalmente a nuestro favor.

Francisco siente una mezcla de ira y esperanza al mismo tiempo. La traición duele, pero las circunstancias podrían jugar a favor de las fuerzas de defensa.

—¿Qué quieres que haga? —pregunta finalmente, con una voz que intenta ser firme.

—Necesito que mantengas esta información en secreto. Debemos usar esta situación a nuestro favor para desmantelar a los ciberdelincuentes desde dentro —explica Laura, cruzando las piernas y apoyándose sobre el escritorio con la mirada fija en Francisco—. Debemos confrontarlo directamente, pero sin descubrirlo ante el resto. Debemos acercarnos a Takeshi e informarle que sabemos sobre sus acciones pasadas, pero que, precisamente porque Japón es el primer damnificado, él debe colaborar con nosotros para detenerlos. Gánate su confianza, es necesario. Debemos presionarlo para que nos dé detalles sobre su comunicación con ellos.

Francisco asiente lentamente, comenzando a entender el plan.

—¿Y cómo se supone que logremos eso? —pregunta, su mente ya trabajando en posibles estrategias.

—Debemos hacerle entender que no tenemos intención de exponerlo, que nuestra única meta es proteger su vida y la de su familia —dice Laura—. Si logramos que nos proporcione información crucial, podremos distribuirla a otras agencias de todo el mundo. Con suficiente evidencia, podremos coordinar un ataque global contra estos delincuentes.

Laura hace una pausa, mirando a Francisco directamente a los ojos.

—Y lo más importante, Francisco, nadie debe saber que él es el topo. Si mantenemos este secreto, podremos ejercer mayor presión sobre Takeshi. Él debe sentir que tiene una oportunidad de redimirse sin temor a represalias inmediatas.

Francisco se levanta lentamente, tomando la carpeta que ha dejado en la mesa.

—Haré lo que sea necesario, Laura. Este es el único camino que tenemos hoy para enfrentar tamaña amenaza. Nadie ha logrado presentar un plan de acción para destruir a esa banda de delincuentes —dice con determinación.

Laura asiente, confiando plenamente en la capacidad de Francisco para manejar esta delicada misión. Ambos saben que el camino por delante es peligroso e incierto. Hay entre ellos un acuerdo silencioso. Francisco se incorpora y parsimoniosamente estira sus pantalones, acomoda la carpeta con papeles que levanta del escritorio, y se toma un tiempo para ordenar los pensamientos que burbujean en su cabeza. Sale decidido de la oficina, preparado para la tarea que le espera.

Capítulo 44

Laura se sienta en su oficina improvisada, rodeada de pantallas que muestran datos en tiempo real de la central nuclear de Fukushima. Como siempre, lleva su cabello recogido en una cola, aunque tiene un mechón que le cae sobre el rostro y con el que juguetea mientras analiza y conjetura la realidad que está viviendo.

Desde que detectaron la intrusión en los sistemas, no ha habido más actividad. Los ciberdelincuentes parecen haberse apoderado de la central, pero no han hecho ningún movimiento adicional. No hay demandas de rescate ni intentos de sabotaje. Simplemente, han tomado el control y se mantienen en silencio.

—¿Qué es lo que están esperando? —murmura para sí misma, mientras su mente analiza todas las posibles razones detrás de la inacción.

Laura es una experta en ciberseguridad y ha visto muchos tipos de ataques a lo largo de su carrera. Sin embargo, esta situación es diferente. Los delincuentes no se están comportando de manera predecible. No hay una demanda de ransomware ni signos de que estén tratando de extraer datos sensibles. Es como si simplemente estuvieran... esperando.

Laura empieza a organizar en el anotador frente a ella una lista de las posibles razones para la falta de actividad:

"Recopilación de información": Tal vez los atacantes están tratando de aprender más sobre la central, comprendiendo los sistemas y sus vulnerabilidades antes de hacer su movimiento. Esto podría significar que planean algo más grande y devastador.

"Disuasión": Quizás el solo hecho de haber tomado el control es suficiente para ellos, una demostración de poder para intimidar y enviar un mensaje. Este tipo de ataque podría ser un preludio a una demanda de rescate masiva, una vez que las autoridades y el público se den cuenta de la magnitud de la amenaza.

"Coordinación con otros ataques": Podrían estar esperando el momento adecuado para coordinar su ataque con otros eventos, tal vez un ataque simultáneo a múltiples infraestructuras críticas. Esto aumentaría el caos y dificultaría la respuesta.

"Negociaciones internas": Los ciberdelincuentes podrían estar discutiendo entre ellos cuál debería ser su próximo paso. No todos los grupos de hackers son monolíticos; las diferencias de opinión y las luchas internas a menudo causan demoras en la ejecución de sus planes.

"Trampa o distracción": Podría ser una trampa. Manteniendo a los defensores enfocados en Fukushima, podrían estar planeando un ataque en otro lugar, desviando la atención y los recursos de los sistemas de seguridad.

"Pruebas de respuesta": Tal vez están observando la respuesta de los equipos de seguridad para evaluar su preparación y habilidades. Esto les daría una ventaja táctica en cualquier movimiento futuro.

"Intercambio de control": Una posibilidad inquietante surge en la mente de Laura. ¿Y si los atacantes están buscando un intercambio de control? Podrían estar dispuestos a entregar el control de la central nuclear, una amenaza de destrucción física masiva, a cambio del control de un centro financiero crítico. Con el control de una entidad financiera clave, podrían manipular y desviar cantidades inmensas de dinero, creando caos económico a escala global. Esta maniobra no solo tendría implicaciones devastadoras para la economía mundial, sino que también representaría una amenaza de destrucción física y económica sin precedentes.

Laura sabe que la incertidumbre es una de las armas más poderosas en el arsenal de un ciberdelincuente. La falta de acción puede ser tan efectiva como el ataque en sí, sembrando miedo y confusión entre los defensores. Pero esta inacción prolongada también podría significar que hay algo más grande en juego, algo que aún no ha considerado.

Con cada segundo que pasa, la tensión aumenta. Laura decide que es hora de reunir a su equipo para una sesión de lluvia de ideas. Necesitan considerar todas las posibilidades y preparar un plan de acción para cada una. Si bien la falta de actividad directa es desconcertante, no pueden permitirse bajar la guardia.

Mientras se dirige a la sala de reuniones, se le ocurre una idea más: ¿y si los atacantes están esperando algo externo? ¿Algún tipo de evento o señal que desencadene su plan? Esa posibilidad le hiela la sangre. Sabe que deben estar preparados para lo inesperado.

Laura organiza la llamada con todas las oficinas globales, excluyendo a Japón. Derek Bauer observa la invitación y se dirige a Laura.

—¿Por qué excluyes a Takeshi?

—Takeshi está en el ojo del huracán y no debemos agregar tensión a lo que ya se está viviendo allí. Francisco está conversando con Takeshi y le está dando otra misión.

Capítulo 45

Laura necesita cambiar de ambiente, de conversaciones, necesita relajarse y centrar su mente en algo diferente por algunas horas. La tensión global es intensa y afecta a todos, más aún a aquellos involucrados de forma directa en resolver el problema.

Greg le ha pedido a Mildred que prepare la comida favorita de Samuel, milanesa con papas fritas, porque van a agasajar con esa cena el éxito del software de Samuel, y además van a aprovechar para anunciar una noticia importante a sus hijos.

La mesa está llena de risas y charlas animadas mientras todos disfrutan de una deliciosa cena preparada por Mildred. Han decidido no referirse a la tragedia que todos están atravesando ni a las informaciones que los medios manejan y que mantienen al mundo en vilo.

En un extremo de la mesa, Samuel está rodeado de James, Sophia y Mila, los tres emocionados y llenos de preguntas sobre el software que Samuel ha creado para AGDC.

James pregunta con entusiasmo:

—Samuel, ¿cómo funciona exactamente tu software? ¡Fue

genial la idea de Laura! ¿Vas a poder vender tu software a otras compañías? ¿Te vas a volver rico?

Samuel sonríe, complacido por el interés y el agasajo especial. Explica con detalle cómo ha desarrollado el algoritmo y cómo lo ha ajustado para optimizar la búsqueda. Sophia, fascinada, pregunta: —Papá, ¿vas a contratar a Samuel para que trabaje contigo? ¿Va a dejar el colegio?

Greg responde con una sonrisa paternal: —Samuel no va a dejar el colegio, y después de que termine la universidad, va a decidir qué hacer, pero todos ustedes siempre pueden venir a la sede a desarrollar lo que se les ocurra. Samuel ha hecho un trabajo increíble. Estamos muy orgullosos de él. Y sí, vamos a comercializarlo porque es una herramienta muy importante para la seguridad de las empresas.

Laura añade: —Y sobre la boda...

Todos los ojos se dirigen a ella, mientras continúa observando a todos alrededor de la mesa, dejando instalada la incógnita: —Greg y yo hemos estado hablando y hemos decidido que después de que esta emergencia en Japón pase —porque va a pasar, porque vamos a hacer lo indecible para que no triunfen los malditos delincuentes y nos destruyan— y todo esté más tranquilo, nos vamos a casar.

Los jóvenes se miran entre sí, sorprendidos. Mila exclama: —¡Wow! ¿De verdad? Eso es increíble, mamá. Esto no me lo esperaba hoy, pero estoy contenta por ustedes. Creo que elegiste muy bien. Me gusta Greg para ti, para que no te quedes sola cuando nos vayamos.

Greg asiente con una sonrisa amorosa hacia Laura: —Sí, Laura, te voy a cuidar muy bien —Greg se arroba mirando a Laura, y ella le devuelve una amplia sonrisa—. Vamos a esperar a que las cosas se calmen un poco y luego celebraremos juntos en un lugar especial.

Sophia, siempre curiosa, pregunta: —¿Y dónde será ese lugar especial?

Laura responde con una chispa de emoción en sus ojos: —Elegí Kew Gardens. ¿Qué les parece? Me encanta ese lugar, ¿qué les parece a ustedes?

La mesa estalla en un coro de comentarios, opiniones variadas y muchas preguntas.

James, con una sonrisa traviesa, dice: —¿Puedo ser el encargado de la música? Conozco a algunos DJ's geniales que podrían hacer que la boda sea épica.

Sophia se inclina hacia adelante, con los ojos brillando: —Mila, ¿te gustaría ser dama de honor conmigo? Podemos diseñar nuestros vestidos; además, podemos diseñar las invitaciones.

Mila, pensativa, dice: —Yo me anoto en lo de las invitaciones. Aunque no soy tan buena como tú, pienso que puedo aportar algunas sugerencias creativas.

Samuel, que ha estado disfrutando de la conversación, agrega: —Yo podría crear un sitio web para que todos los invitados puedan seguir los preparativos y luego depositar en él las fotos que cada uno tome.

Greg mira a su familia con una mezcla de orgullo y amor: —Me hace feliz verlos involucrados y entusiasmados con esta noticia. Será una boda especial con todos ustedes participando en la organización. La novia ha determinado que debe ser reducida, pero no se opone a que tenga todos los simbolismos de una boda grande. Así que deberán repartirse quién entregará a la novia, quién llevará los anillos y, por supuesto, las damas de honor y el brindis correspondiente.

—Me encanta que se organicen para realizar la boda. Greg y yo estamos hasta aquí arriba de trabajo, así que confío en que ustedes podrán organizar una boda épica. Y con respecto a quién entregará a la novia, yo ya lo tengo dispuesto. Los abuelos van a estar aquí y, por supuesto, también los abuelos Trend, si aceptan venir. Va a ser muy sano para todos integrarlos y que se sientan parte de la familia.

—Mamá, estoy seguro de que no se van a oponer. Yo voy a llamarlos —responde Samuel— y voy a contarles los planes y lo importante que es que estén con nosotros. Estoy seguro de que el abuelo se va a negar al principio, pero la abuela, sin duda y como siempre, lo va a hacer entrar en razón.

La cena continúa con mucha y burbujeante conversación, tanto sobre la creación de Samuel como sobre los planes para la boda. Greg y Laura miran a su familia reunida con gratitud y amor; recién construidos estos lazos, ya tienen la mesa llena de alegría y entusiasmo, reflejando los vínculos cercanos que se han creado en tan poco tiempo.

A pesar del momento especial, un hiato en la tragedia en la que está sumido el mundo, Laura se pregunta qué estará sucediendo en Fukushima y en el contacto de Francisco con Takeshi. Como padres, le deben a sus hijos momentos de normalidad y esperanza en el futuro, a pesar de la terrible realidad más allá de los muros.

Capítulo 46

En la fría y silenciosa oficina de Londres de la Alianza Global para la Defensa Cibernética, Francisco Ramírez se encuentra al borde del agobio. Las pantallas parpadean con datos y alertas mientras se prepara para una llamada crucial. La tensión es palpable en el aire. Francisco toma el teléfono con firmeza, su rostro endurecido por la preocupación y la determinación. Sus manos tiemblan ligeramente y su respiración es más rápida y superficial de lo habitual. Cada sonido lo sobresalta, y siente una opresión en el pecho. Su mente, en constante actividad, repasa posibles escenarios y las consecuencias de sus acciones. Este estado de nerviosismo es una respuesta natural al estrés de enfrentarse a una situación tan crítica e incierta.

Marca el número de Takeshi y espera con la respiración contenida. Al otro lado de la línea, Takeshi contesta, su voz temblando de sorpresa y confusión. Hay un notable desasosiego en sus palabras.

—¿Francisco? ¿Qué sucede? No esperaba hablar contigo en estas circunstancias.

—Takeshi, justamente en estas circunstancias es que debemos hablar.

Francisco no pierde el tiempo. Su tono es autoritario, marcado por la urgencia de la situación.

—Takeshi, necesito que escuches con atención. Sabemos que eres el topo en AGDC. Nos hemos enterado de cómo has permitido los atajos en los sistemas para que los ciberdelincuentes avancen en sus delitos contra los centros financieros y el NHS.

El silencio en la línea es abrumador. Takeshi traga saliva, su voz ahora llena de miedo y nerviosismo.

—¿Cómo te atreves a acusarme así? ¿De dónde obtienes esa información?

Francisco mantiene su voz firme, con un matiz de frialdad calculada.

—Tenemos nuestras fuentes. Ahora que han tomado la central de Fukushima, los efectos de su ataque se van a sentir de primera mano por ti y tu familia. Es hora de que te enfrentes a la realidad y nos digas la verdad.

El rostro de Takeshi palidece, y Francisco puede imaginar los cambios en su expresión: los ojos desorbitados y la respiración acelerada mientras intenta mantener la compostura.

—¿Qué es lo que quieres de mí?

Francisco no se permite ningún resquicio de suavidad. Su voz es implacable.

—Necesitamos que tomes conciencia de la situación en la que te encuentras y hacia dónde nos llevaste a todos. Porque con tus acciones y avaricia involucraste a tu propia gente en el problema. Debes informarnos cómo te contactaron, cómo llegaron a ti y qué te ofrecieron para que colaboraras con ellos. Hay locos sueltos, y tú tienes la información para detenerlos.

El miedo en la voz de Takeshi se convierte en desesperación. Sus palabras salen atropelladas.

—¡Esto es una locura! ¡Mis seres queridos están en peligro!

Francisco se inclina hacia adelante, su mirada fija en las pantallas que muestran la creciente crisis. Su voz se endurece aún más.

—¡Exactamente! Y tú estás en medio de esto. Tú eres el responsable de tu propia desgracia. Si no nos das la información que necesitamos, las consecuencias serán devastadoras. Este es tu momento para actuar con integridad.

La voz de Takeshi se quiebra, la desesperación y la culpa se entremezclan en sus palabras.

—Está bien, está bien. Les diré lo que sé. Me contactaron a través de un intermediario en una conferencia en Hong Kong. Me prometieron grandes sumas de dinero y seguridad para mi familia. Dijeron que solo necesitaban liberar el acceso a ciertos sistemas y que los ataques serían ejecutados desde fuera.

Francisco asiente lentamente, tomando nota con rapidez. Siente una profunda ira hacia Takeshi Nakamura por su traición. Esta rabia es una mezcla de decepción, traición y resentimiento. Se siente engañado y su confianza ha sido gravemente dañada.

—¿Quién era el intermediario? ¿Qué más sabes sobre los responsables?

Takeshi parece agotado, el peso de sus decisiones pasadas gravitando sobre él. Su voz es un susurro resignado.

—El intermediario se hacía llamar "El Halcón". No sé mucho más sobre él, pero tiene conexiones con un grupo que opera desde el este de Europa. Ellos están detrás de la red de ciberdelincuentes.

Francisco asiente con firmeza, su pulso se acelera y sus músculos se tensan, mostrando en su rostro una mezcla de resolución y urgencia.

—Vamos a distribuir esta información en la red de defensa. Si hay algo más que quieras agregar, ahora es el momento.

Takeshi toma aire, consciente de la gravedad de lo que está por revelar. Con la voz aún temblorosa, continúa.

—Hace dos años, fui contactado por primera vez. Fue a través de un mensaje cifrado en mi correo personal. El remitente no tenía un nombre, solo una dirección de correo encriptada. El mensaje era breve pero claro: "Podemos ofrecerte lo que buscas. Contacta a través de este canal seguro".

Francisco levanta una ceja, indicando que continúe.

—Utilicé un canal seguro, un servicio de mensajería en la darknet[22] llamado "OmegaComm". Ahí fue donde conocí a "El Halcón". Nunca vi su rostro, solo nos comunicábamos a través de mensajes de texto. Me dijeron que estaban interesados en mi experiencia con sistemas de seguridad cibernética y que, a cambio de mi cooperación, me ofrecerían una considerable compensación financiera.

—¿Qué más puedes decirnos sobre sus métodos de contacto y operación? —pregunta Francisco, anotando cada detalle.

—"El Halcón" y su grupo utilizan múltiples capas de seguridad para proteger sus identidades. Utilizan servicios de correo encriptado, mensajería en la darknet y a menudo cambian de plataforma para evitar ser rastreados. Los pagos siempre se realizan en criptomonedas, principalmente Bitcoin y Monero, para mantener el anonimato. Las transacciones se realizan a

---

[22] La darknet es una parte oculta de internet donde se puede navegar de forma anónima y acceder a sitios no visibles en la web normal, a menudo para actividades ilegales.

través de [23]mixers de criptomonedas para dificultar el rastreo de los fondos.

Takeshi respira hondo, su voz temblorosa.

—Cometí un grave y horrible error. Ahora quiero hacer lo correcto. Por favor, protejan a mi familia.

Francisco cierra la conversación con un tono severo, sabiendo que el tiempo es esencial.

—Haremos todo lo posible, pero ten en cuenta que tú aún eres empleado de AGDC y cuentas con herramientas para buscarlos e impedir lo que están planeando. Si no colaboras completamente, no podremos garantizar la seguridad de nadie, ni tampoco tu futuro.

Con una mezcla de vergüenza y resignación, Takeshi cierra la conexión. Su cuerpo se desploma en la silla, la tensión de la conversación y la amenaza que se cierne sobre su gente lo dejan agotado. Ha destruido una carrera brillante y ha manchado el honor familiar. Nacido y criado dentro de una sociedad donde el honor y la reputación son pilares fundamentales, siente un peso abrumador sobre sus hombros. La cultura japonesa valora profundamente la lealtad, la honestidad y el honor familiar, y Takeshi sabe que su traición a

---

[23] Un mixer de criptomonedas es un servicio que mezcla transacciones para ocultar el origen y destino de las monedas, haciéndolas difíciles de rastrear.

estos valores no solo ha afectado su propia vida, sino también la de su familia. El remordimiento y la culpa lo acompañarán siempre, una constante sombra que le recordará el precio de su debilidad. Si el mundo supera esta amenaza, su carrera y su vida quedarán destruidas.

En la sala de control, Francisco se dirige a su equipo, con el rostro reflejando la urgencia de la misión. La información que Takeshi ha proporcionado podría ayudar a detener el caos inminente.

Con cada segundo que pasa, la carrera contra el tiempo se intensifica, y el destino de muchos pende de un hilo.

—¡Atención! Por favor, presten atención. Aquí hay instrucciones para conectar con las otras agencias. Tenemos indicios de quiénes están detrás de estas operaciones. Estamos buscando una organización de Europa Oriental cuyo líder se hace llamar "El Halcón". Aquí les leo la hoja con instrucciones para que las distribuyan:

Pistas y Métodos de Investigación para Agencias Internacionales:

1. **Análisis de Mensajes Cifrados:**
    - Supervisar servicios de correo encriptado y mensajería en la darknet como "OmegaComm".

- Analizar patrones de mensajes y buscar similitudes en los métodos de cifrado y en la estructura de los mensajes.

2. **Monitoreo de Transacciones de Criptomonedas:**

    - Rastrear grandes volúmenes de transacciones de Bitcoin y Monero que pasen por mixers conocidos.
    - Identificar y seguir las rutas de las criptomonedas para localizar posibles puntos de contacto.

3. **Infiltración en la Darknet:**

    - Infiltrar foros y servicios de mensajería en la darknet.
    - Buscar menciones de "El Halcón" y su grupo, así como ofertas de servicios de hacking y venta de información robada.

4. **Intercepción de Comunicaciones:**

    - Colaborar con proveedores de servicios de Internet para interceptar y analizar el tráfico sospechoso que se origina desde y hacia regiones específicas del este de Europa.
    - Utilizar técnicas de análisis de tráfico para identificar patrones y conexiones entre diferentes actores cibernéticos.

5. **Cooperación Internacional:**
    - Establecer alianzas con agencias de seguridad en Rusia, Ucrania, Bielorrusia y los Estados Bálticos para compartir información y recursos.
    - Realizar operaciones conjuntas de vigilancia y captura en regiones identificadas como bases operativas de estos grupos.

    Perfil de los Ciberdelincuentes:

- **Alias y Nombres Clave:** "El Halcón" es solo uno de muchos alias utilizados. Otros nombres clave podrían surgir durante la investigación.

- **Patrones de Comportamiento:** Cambian frecuentemente de alias y plataformas de comunicación para evitar ser rastreados.

- **Especialización:** El grupo está compuesto por especialistas en diferentes áreas del cibercrimen, incluyendo malware, ransomware, phishing y robo de datos.

    Colaboradores Locales:

- **Infraestructura Local:** Posibles conexiones con pequeños grupos locales que proporcionan soporte logístico y técnico.

- **Money Mules:** Utilizan intermediarios para mover dinero físicamente y lavar fondos obtenidos a través de actividades ilegales.

Francisco revisa nuevamente la información chequeando no olvidar ningún detalle. La urgencia en su voz refleja la gravedad de la situación.

—Esto es suficiente por ahora. Vamos a distribuir esta información en la red de defensa aclarando que viene de una fuente fidedigna, que fue contactada por estos delincuentes.

Capítulo 47

Después de varios días de tensa calma en los cuales los medios de comunicación mantienen al público en un estado de expectativa aterradora, las agencias de seguridad cibernética intentan encontrar la punta de la madeja que les permita desenrollar la identidad y estrategias de estos cibercriminales, mientras las fuerzas de seguridad convencionales se despliegan para mantener el orden ciudadano. Finalmente, los invasores amenazan con liberar radiación y causar una catástrofe global si sus demandas no son cumplidas.

Los cibercriminales eligen operar desde la sala de control principal de la planta, donde se gestionan los sistemas de los reactores y los protocolos de seguridad. Esta área es crítica, ya que cualquier cambio en la configuración de los sistemas puede tener consecuencias devastadoras. Con acceso total a estos sistemas, los hackers envían un mensaje claro al mundo: si sus demandas no son cumplidas, liberarán cantidades letales de radiación.

Bajo el alias de "Fuerza Oculta", esta organización delictiva exige cinco mil millones de euros en criptomonedas, la liberación de varios presos internacionales y la abolición de ciertos tratados de ciberseguridad global.

Las agencias internacionales de seguridad, que desde el primer anuncio han unido sus fuerzas y comenzaron a actuar para repeler el ataque, están inmersas en identificar el método de infiltración.

Francisco, sentado en su oficina, observa las luces parpadeantes del servidor central mientras analiza la conversación con Takeshi y la amenaza recién pronunciada. La urgencia de la situación es palpable en el ambiente, en las comunicaciones y en los rostros de cada uno que circula a su alrededor. Levanta el teléfono y marca rápidamente el número de Laura.

—Laura, necesito que vengas a la oficina inmediatamente. Tenemos una situación crítica y, si es posible, trae a Greg —la voz de Francisco suena firme, pero su tono deja entrever una profunda preocupación.

Laura, que debido a su situación con la justicia y con inmigración trata de mantenerse alejada físicamente de AGDC, reconoce la seriedad en el tono de Francisco.

—Voy en camino —responde sin vacilar—. Greg está en su oficina, así que ya le aviso.

Menos de media hora después, Greg entra en la oficina de Francisco con su chaqueta en la mano, el cabello despeinado y una expresión de curiosidad y expectación. Laura ingresa pocos minutos más tarde, pasa al lado de Greg rozándolo con su mano y se acerca a Francisco. Con ambos frente a él, Francisco no pierde tiempo y les explica rápidamente la situación.

—No sé si ya se enteraron, pero los invasores de Fukushima están exigiendo cinco mil millones de euros en criptomonedas, entre otros requerimientos; de lo contrario, liberarán cantidades letales de radiación. AGDC tiene un arma poderosa como el software *SentinelAI*. Necesitamos que lo activen para analizar en detalle cómo los delincuentes lograron infiltrarse en la central de Fukushima. Nuestra prioridad es detectar la vulnerabilidad que explotaron y predecir sus próximos movimientos para bloquearlos de inmediato —dice Francisco, mirando a Greg con confianza.

Greg asiente, comprendiendo la gravedad del asunto.

—Francisco, permíteme traer a los dos responsables del desarrollo de esta herramienta, y aquí, junto con Laura y sus instrucciones, adaptarán la búsqueda a tus necesidades.

Mientras Laura se acomoda frente al ordenador y comienza a activar *SentinelAI*, Greg se retira para conversar con sus ingenieros y habilitarles la entrada a AGDC. La interfaz del software se ilumina con una serie de gráficos y datos en tiempo real.

—Voy a iniciar un análisis profundo del tráfico de red y los registros del sistema para identificar cualquier actividad sospechosa —comunica Laura, mientras sus dedos vuelan sobre el teclado.

Francisco observa con atención, sabiendo que cada segundo cuenta. El software *SentinelAI* comienza a recopilar datos, mostrando patrones de acceso y posibles puntos de vulnerabilidad. Laura consulta con Greg para configurar varios parámetros mientras llegan los desarrolladores. Francisco se apoya contra la pared, mirando la actividad de Laura y esperando a los ingenieros de Whitmore Technologies para asegurarse de que el análisis sea lo más exhaustivo posible.

—Tenemos una gran cantidad de datos que procesar, pero ya estoy viendo algunos patrones inusuales en los registros de acceso remoto. Parece que usaron un [24]exploit en uno de los sistemas menos protegidos para ganar acceso inicial —comenta Laura, con los ojos fijos en la pantalla.

Francisco se acerca más para ver los detalles. Los gráficos muestran picos inusuales en el tráfico de red, coincidiendo con el tiempo estimado de la infiltración.

—Necesitamos usar el módulo de predicción de *SentinelAI* mientras analizamos los rastros dejados por los delincuentes —

---

[24] Un exploit es un programa o código que aprovecha una vulnerabilidad en un sistema para causar daño o tomar control de él.

acota Laura, completamente concentrada en el mapa que *SentinelAI* va dibujando.

Greg se acerca a la entrada de la sala para recibir a sus desarrolladores. Los saluda, les agradece por haber llegado con prontitud, les explica lo que está sucediendo y lo que están haciendo en AGDC. Laura se incorpora, se dirige hacia ellos, les estrecha las manos y les explica por qué necesitan activar el módulo predictivo del software.

SentinelAI comienza a analizar los patrones de comportamiento de los delincuentes, comparándolos con una base de datos de ataques anteriores. Los algoritmos del software son capaces de anticipar los movimientos basados en las tácticas usadas previamente, pero además pueden reconocer a los delincuentes por las operaciones realizadas que se registraron y conservaron para futuras identificaciones.

—El software está generando un mapa de posibles movimientos futuros. Sugiere que podrían intentar acceder a nuestros sistemas de control de supervisión remota a continuación. Necesitamos fortalecer inmediatamente esas defensas —alerta Arjun Sharma, quien junto con Lev Lunyanski desarrolló *SentinelAI* y están realizando los cambios para enfrentar las amenazas en Japón.

Francisco asiente, ya planificando los siguientes pasos en su mente mientras recibe reportes desde las agencias internacionales de defensa cibernética.

—Voy a coordinar con el equipo de seguridad para implementar medidas adicionales de protección en esos sistemas. Buen trabajo, Greg. Necesitamos estar un paso adelante —Francisco se expresa agradecido y palmea la espalda de Greg, que no se ha movido del lado de sus desarrolladores, insertando sugerencias y siguiendo atentamente la actividad de su producto.

Mientras los equipos continúan monitoreando los sistemas y ajustando las defensas, Francisco contacta al equipo de seguridad para poner en marcha las nuevas medidas. La oficina está llena de una energía tensa, todos enfocados en la central de Fukushima y en determinar cuáles son los sistemas comprometidos.

Con *SentinelAI* proporcionando análisis en tiempo real y predicciones precisas, AGDC tiene una herramienta poderosa a su disposición. La batalla por proteger la infraestructura crítica apenas comienza, y están listos con todas las armas tecnológicas a su alcance.

Capítulo 48

"Fuerza Oculta", el nombre que los hackers han acuñado para este ataque, ha emitido hace pocos minutos una amenaza explícita: si en seis horas no se le da una respuesta afirmativa a su petición, comenzarán a liberar material radiactivo desde la central atómica.

La Alianza Global de Defensa Cibernética (AGDC) se encuentra en estado de alerta máxima. Es imperativo no solo intentar penetrar los sistemas comprometidos y revertir el control que los hackers tienen sobre la central atómica, sino también descubrir la identidad de la misteriosa entidad conocida como "Fuerza Oculta" y actuar en contra de sus integrantes. Los patrones y rastros dejados en sus ataques más recientes han proporcionado numerosas claves que podrían desentrañar el misterio. Todas las agencias de seguridad mundiales, tanto estatales como privadas, están trabajando en el tema. Esta emergencia es global y pone en riesgo al planeta Tierra, por lo que todas están actuando coordinadamente sobre los mismos parámetros.

El equipo de análisis forense de la AGDC ha trabajado incansablemente, rastreando cada bit de información, cada anomalía en el tráfico de datos y cada huella digital en la vasta red de internet. Los análisis revelaron un patrón específico de penetración en las redes, uno que lleva la firma inconfundible de "Fuerza Oculta". A través de investigaciones minuciosas en la darknet, los expertos han encontrado foros y comunicaciones encriptadas que, al ser desencriptadas, revelan planes y estrategias vinculadas a esta organización.

Al descubrir estos patrones, la AGDC contacta de inmediato a las fuerzas de seguridad gubernamentales. Equipos de respuesta rápida son movilizados para seguir las pistas dejadas por "Fuerza Oculta". Operativos especializados en ciberseguridad comienzan a rastrear las conexiones hacia servidores sospechosos e identificar posibles puntos de infiltración.

En Japón, el primer ministro convoca una reunión urgente con los responsables de la seguridad nuclear y cibernética del país. La amenaza de que "Fuerza Oculta" active ciertas operaciones en la central de Fukushima es real y requiere una acción inmediata.

—Es perentorio activar al personal especializado en la seguridad de la central de Fukushima de inmediato —ordena el primer ministro con firmeza—. No podemos permitir que esta amenaza comprometa nuestra seguridad nacional.

En la central de Fukushima, los equipos de seguridad están en alerta. Los protocolos de emergencia han sido activados y se preparan para la posibilidad de un cierre manual. Los operadores, entrenados para situaciones de crisis, revisan cada procedimiento, asegurándose de que todas las medidas de seguridad estén en su lugar. No hay certeza de que, ante la toma de los sistemas, puedan usar los protocolos de cierre manual. Las centrales nucleares como Fukushima están diseñadas con múltiples capas de seguridad y planes de contingencia para mitigar estos riesgos. Quienes atacan desde el exterior bloquean y toman el control de los sistemas cibernéticos, obstruyendo todos los sistemas de seguridad instalados. El personal entrenado puede presentar una resistencia efectiva con los protocolos manuales, y a eso se disponen.

En la sala de control de la central, el director de seguridad, Tanaka, reúne a su equipo.

—Estamos preparados para tomar el control manual. Pero debemos agotar todas las otras instancias; hay procesos irreversibles que debemos evitar porque eso significaría la pérdida de operatividad. Debemos estar listos para cualquier eventualidad. La seguridad de la planta y del país depende de nosotros.

Mientras tanto, en los cuarteles de la AGDC, Laura y sus analistas siguen monitoreando las actividades de "Fuerza Oculta". Las pistas obtenidas de la darknet, de Takeshi y de las otras agencias que están operando en conjunto, llevaron a la identificación de varios operativos clave. La colaboración internacional para capturar a estos individuos y desmantelar sus operaciones está en plena acción.

La tensión es palpable en todos los frentes. Los equipos de seguridad cibernética y los operadores de la central de Fukushima saben que cualquier error podría tener consecuencias catastróficas. Cada operador frente a su responsabilidad se siente empoderado con la fuerza y la voluntad de un mundo determinado a impedir que "Fuerza Oculta" logre sus objetivos, lo que sería la destrucción del mundo actual y sus valores.

Cada minuto que pasa, la red se estrecha alrededor de "Fuerza Oculta". Las fuerzas de seguridad consideran que están cada vez más cerca de localizar y neutralizar la amenaza. La coordinación internacional es crucial para asegurar el éxito de la operación.

El destino de todos depende de la habilidad y la rapidez con la que estos equipos actúen. El mundo observa, consciente de que, en esta batalla, la seguridad global está en juego.

Capítulo 49

Las horas pasan casi imperceptiblemente. Cada analista y operador de AGDC, especializado en la darknet, se adentra en las profundidades de la red oscura para recopilar, analizar y evaluar información. Su trabajo es crucial para identificar las amenazas cibernéticas y rastrear las actividades ilegales a fin de proteger a individuos y organizaciones.

Laura está totalmente sumida en su investigación, superando las barreras del anonimato y la encriptación que son parte de esa red. Navega por los diferentes mercados, foros y plataformas de la darknet, buscando información relevante. Busca patrones, tendencias y correlaciones que le revelen pistas para su búsqueda.

La sala de operaciones es un hervidero, porque cada operador está en contacto con otros de diversas agencias en todos los puntos cardinales. Greg está sentado detrás de Laura, masajeando sus hombros, relajando su cuello y ayudándola a pensar y analizar lo que va descubriendo.

De repente, la pantalla de Laura se ilumina con una nueva notificación. Es un mensaje cifrado proveniente de una fuente anónima que ha sido de confianza en el pasado. Laura siente un escalofrío recorrer su espalda.

—Tenemos algo —murmura, atrayendo la atención de Greg y de varios colegas cercanos. Todos se acercan a su estación.

El mensaje contiene un archivo adjunto. Laura lo abre con cautela, pasándolo primero por una serie de verificaciones de seguridad. El archivo revela una serie de transacciones sospechosas entre varias cuentas de criptomonedas. Pero lo que más le llama la atención es un nombre recurrente en los registros: "Halcón Negro".

"Halcón Negro" es un alias que Laura ha visto en varias investigaciones anteriores, siempre asociado con operaciones de tráfico de datos robados y venta de software malicioso. Halcón fue el contacto de Takeshi, y Laura supone que es el mismo. Hasta ahora, no habían logrado ubicar su identidad ni sus movimientos exactos.

Laura comparte sus hallazgos con el equipo.

—Tenemos que seguir este rastro. Si podemos descifrar la ubicación o la identidad de Halcón Negro, podríamos desmantelar una de las redes más peligrosas de la darknet.

El equipo pone manos a la obra. Mientras algunos se dedican a seguir el rastro de las transacciones, otros buscan en bases de datos y registros anteriores cualquier información adicional que puedan tener sobre "Halcón Negro". Greg se sienta junto a Laura, ayudándola a analizar patrones en los datos que reciben.

Las horas pasan volando. La tensión y la adrenalina en la sala de operaciones son palpables. Finalmente, después de lo que parecen ser eternas horas de trabajo, un joven analista, Sebastián, exclama:

—¡Lo tengo!

Todos se agolpan frente a su pantalla. Sebastián ha encontrado una conexión entre una de las transacciones de criptomonedas y una dirección IP ubicada en un pequeño pueblo de Europa del Este.

—Tenemos un punto de partida —comenta Laura con tono esperanzado—. Ahora, tenemos que ser rápidos y precisos.

El equipo se divide las tareas. Algunos contactan a las agencias locales para coordinar una intervención, mientras otros continúan monitoreando la actividad en la darknet para asegurarse de que "Halcón Negro" siga operando impunemente y sin sospechas.

La operación entra en una fase crítica. Laura, con los nervios al límite, sigue recibiendo y analizando información. Cada dato puede ser crucial. Greg, siempre a su lado, le brinda el apoyo que necesita para mantenerse enfocada.

El tiempo pasa en agonía hasta que reciben la confirmación de que las autoridades locales han localizado y detenido a un individuo sospechoso que podría estar conectado a los ataques.

Los primeros informes indican que han encontrado una serie de dispositivos electrónicos y documentos que podrían ser la clave para desentrañar la red de "Fuerza Oculta".

La sala de operaciones se siente exultante. Hay avances en la búsqueda, aunque Fukushima está al borde del desastre, y con ello, el mundo entero.

Capítulo 50

El reloj marca las 23:45 y en la sala de control de la planta nuclear, la tensión es palpable. Los operadores, con los rostros marcados por la preocupación y el cansancio, se mantienen atentos a sus monitores, listos para actuar manualmente si fuese necesario. Saben que el plazo otorgado por los delincuentes para cumplir con sus demandas está a punto de expirar.

Una notificación encriptada de la Agencia de Seguridad Japonesa (ASJ) llega de repente a los sistemas de la planta. El mensaje es claro y conciso: "No realicen ninguna operación hasta nuevo aviso". Los operadores intercambian miradas nerviosas y preocupadas, preguntándose qué plan tendrá la agencia para enfrentar la crisis. Ellos serían las primeras víctimas de un error de la Agencia.

El tiempo sigue avanzando, y las 23:55 llega sin novedad. El líder de turno, Akira, con el ceño fruncido, se acerca al intercomunicador y transmite las últimas órdenes:

—Preparémonos para iniciar el bloqueo manual si no recibimos instrucciones en los próximos cinco minutos.

Justo cuando el reloj marca las 23:59, otra notificación de la ASJ llega, esta vez con instrucciones claras:

—Comiencen el bloqueo manual de inmediato.

Sin perder un segundo, los operadores se ponen en acción. Las manos temblorosas de Akira se mueven con destreza sobre los controles, desactivando sistemas y cerrando válvulas críticas.

A medida que la cuenta regresiva continúa, los delincuentes, conscientes de la intervención, activan su plan B. Desde una ubicación remota, intentan abrir los sistemas de la planta para liberar material radiactivo. Los monitores comienzan a parpadear con alertas de seguridad, y las luces de advertencia se encienden en todo el recinto.

La ASJ, anticipándose a este movimiento, despliega a sus mejores expertos en ciberseguridad. Un equipo de élite trabaja febrilmente para contrarrestar el ataque. Con habilidades y tecnología avanzada, implementan un atajo en los sistemas de la planta, bloqueando la operación maliciosa de los delincuentes.

—¡Estamos bloqueando la operación! —grita un técnico de la ASJ por el canal de comunicación.

La noticia es recibida con un suspiro colectivo de alivio en la sala de control de la planta. Los delincuentes, frustrados, intentan varias veces más tomar el control, pero cada intento es neutralizado por la rápida y precisa respuesta de los expertos en seguridad.

Finalmente, cuando el reloj marca las 00:15, la situación comienza a estabilizarse. Las alertas disminuyen y los sistemas vuelven a la normalidad. Akira, con un peso menos sobre sus hombros, se permite un momento para respirar profundamente.

—Buen trabajo a todos —dice con voz firme pero cansada, felicitando a sus compañeros—. Hemos pasado una prueba difícil, esperemos que este sea el final de la pesadilla. Debemos mantenernos alertas porque podemos recibir otra sorpresa.

El equipo de operadores, exhausto, asiente y se relaja. Aunque desconocen si la amenaza ha desaparecido por completo, han logrado evitar una catástrofe. Con la ayuda de la ASJ y su propio valor y dedicación, han salvado las instalaciones y la vida de muchos compatriotas.

El reloj marca las 00:30 en Tokio, y un mensaje cifrado llega a las oficinas centrales de la Agencia de Seguridad Japonesa (ASJ). El remitente: Interpol. El mensaje contiene información crucial: se ha localizado a "Halcón Negro", el cerebro detrás de la banda de ciber delincuentes que tomó e intentó sabotear la planta nuclear de Fukushima.

En un centro de operaciones en Berlín, un grupo de agentes de Interpol y de seguridad local se reúne para analizar la información. En la pantalla central, un mapa de la ciudad muestra un punto rojo parpadeante: el escondite de Halcón Negro.

El equipo, compuesto por agentes de diversas nacionalidades, revisa los detalles. Según la inteligencia, Halcón Negro se oculta en un antiguo edificio industrial, ahora convertido en su base de operaciones. Conocido por su habilidad para evadir la captura, se sabe que tiene una red de seguridad compleja y está fuertemente armado y custodiado.

La líder del equipo, la agente Sarah Müller, se dirige a sus agentes:

—Tenemos una ventana de oportunidad limitada. Halcón Negro no permanece mucho tiempo en un lugar y, especialmente ahora que está en medio de la operación, necesita estar junto a sus equipos tecnológicos y la gente que los opera, así que esta es nuestra oportunidad. Debemos actuar con rapidez y precisión. —Con un gesto firme, Sarah da la orden—: Nos movilizamos en 10 minutos.

Los agentes se equipan rápidamente, revisando sus armas y equipo táctico. Se preparan para cualquier eventualidad. El convoy de vehículos no marcados sale de la base, atravesando las calles desiertas de la ciudad bajo la tenue luz de las farolas. El silencio en el interior de los vehículos es palpable; todos los agentes han recibido entrenamiento intenso y saben la importancia de la misión.

Al acercarse al edificio industrial, el equipo se divide en dos grupos: uno para infiltrarse y otro para cubrir las posibles rutas de escape. Usando tecnología avanzada, desactivan discretamente las cámaras de seguridad y las alarmas perimetrales. El grupo de infiltración, liderado por Sarah, avanza con sigilo hacia una entrada lateral.

Dentro del edificio, las sombras y el silencio dominan. El equipo avanza en formación, cada paso cuidadosamente calculado. Las comunicaciones se mantienen al mínimo, utilizando gestos y señales luminosas. Al llegar al corazón de la base, encuentran una sala llena de servidores y equipos de alta tecnología. Halcón Negro está allí, completamente absorto en su trabajo, sin darse cuenta de la presencia del equipo de seguridad.

—¡Interpol! ¡Manos arriba! —La voz de Sarah resuena en la sala, cortando el silencio como un cuchillo. Halcón Negro, sorprendido, levanta lentamente las manos, con una expresión de resignación en el rostro. Entiende sin más palabras que ha llegado el final de su actuación.

Inmediatamente, los agentes lo esposan y aseguran la sala. Mientras revisan el equipo, recogen pruebas incriminatorias que vinculan a Halcón Negro y su banda con el ataque a la planta de Fukushima y otros ciberataques a nivel global.

Se pasa la novedad a la agencia de seguridad cibernética europea, que es la encargada de transmitirla a nivel global.

Mientras se llevan a Halcón Negro y a los secuaces capturados en el lugar a una instalación segura para su interrogatorio y posterior juicio, los agentes revisan y recogen con minuciosidad todas las evidencias y equipos que servirán como pruebas delictivas.

En Tokio, la noticia llega rápidamente a la ASJ. La detención del líder criminal es un golpe significativo para la red de ciberdelincuentes y les permite devolver a la normalidad los equipos y estructuras secuestradas.

Akira y su equipo, aún bajo la presión de garantizar la seguridad de la planta, pueden respirar un poco más tranquilos. Esta amenaza ha sido superada, pero quedan muchos otros delincuentes que han grabado este mecanismo en sus cabezas y que pudieran intentarlo en el futuro.

Capítulo 51

Laura se abraza a Greg al recibir la llamada de la oficina de seguridad cibernética europea y le susurra al oído:

—Llévame a casa, acuéstame en la cama, abrázame y déjame dormir hasta el mes próximo.

Greg la sostiene firmemente en sus brazos, transmitiéndole una sensación de calidez y seguridad. Su abrazo es fuerte pero reconfortante, un refugio donde ella puede encontrar consuelo en medio de su tormenta emocional. Mientras la mantiene cerca, Greg inclina suavemente la cabeza y le besa la sien con ternura. El contacto de sus labios en su piel es una promesa silenciosa de apoyo incondicional y amor profundo. Cada latido de su corazón, sincronizado con el de ella, le dice que no está sola, que él está allí para darle fuerzas, calmar sus miedos y acompañarla en cada paso del camino.

Francisco y muchos de sus nuevos compañeros se acercan, la palmean, la felicitan, la abrazan, y ella responde con una sonrisa mientras se mantiene abrazada a Greg, agotada, sin fuerzas casi para contestar.

—¡Felicitaciones, Laura! Solo tú podías lograrlo con esa calidad. ¡Qué orgullo tenerte aquí! —le dice Francisco mientras le acaricia la espalda, entendiendo el agotamiento que carga y que se refleja en su lenguaje corporal.

—Francisco, no pongas mi nombre en ningún documento, por favor. No tengo permiso para trabajar. Además de los problemas que ya tenemos, nos van a caer otros.

—Tranquila, Laura, todo se va a solucionar, y esto que hiciste se merece el reconocimiento del mundo. No puedo esconderte; debes recibir lo que mereces, pero por ahora vete a casa y duerme. Duerme y descansa. Ya hablaremos sobre todo lo demás.

Greg recoge la chaqueta de Laura, se la coloca y la lleva abrazada hacia los ascensores. De forma espontánea, todos los presentes rompen en aplausos en su honor mientras cruzan la sede de AGDC. Laura sonríe y mueve la mano despidiéndose de todos ellos. Hoy es el final de meses de tensiones y luchas como nunca habían vivido. Terminó bien, pero estuvieron a punto de desaparecer todos. De que todo terminara muy, muy mal.

—Laura, ¿quieres ir directamente a casa o prefieres sentarte en algún lado y comer algo? —Greg le ofrece un intervalo de tiempo para relajarse y desestresarse antes de enfrentar a la familia.

—Greg, no puedo, no tengo fuerzas. Necesito llegar a casa y descansar unas horas. Estoy agotada. Ahora me ha caído encima el cansancio de meses de tensiones.

Greg asiente en silencio y se dirige al Uber que los está esperando. El trayecto a casa transcurre en silencio, solo interrumpido por el suave murmullo de la radio. Laura mira por la ventana, recordando el torbellino de acontecimientos que la han llevado a este momento. Su mente se llena de pensamientos sobre los últimos meses de investigación, tensión y lucha contra los hackers.

Al llegar, Greg la ayuda a descender y la toma de la mano, dándole un apretón reconfortante antes de abrir la puerta principal. El sonido de las voces familiares en el interior se hace más claro, aumentando la emoción de regresar libre de todos los pensamientos horrendos que la han acompañado y que acalló y escondió para no preocupar a la familia.

—Creo que aquí y ahora comienzan tus merecidas vacaciones —le susurra Greg, abriendo la puerta principal.

Entran en la casa y son recibidos por un silencio ensordecedor, solo por un momento. Luego, sus hijos la envuelven, la besan y abrazan en una mezcla de alegría y alivio.

—¡Mamá! —gritan al unísono, abrazándola con fuerza. Laura siente cómo su corazón se llena de amor y agradecimiento por poder volver a abrazarlos. Solo ella sabe lo cerca que estuvieron de perderse esto.

—En casa, por fin —dice Laura, con lágrimas de felicidad en los ojos, mientras se agacha para abrazar a sus hijos con más fuerza, sintiendo que, por fin, les está dejando, por ahora, un lugar y un futuro más seguros. Por ahora.

Greg, aunque en silencio, permanece a su lado; su presencia es un recordatorio constante de que no está sola. Después de la efusividad con Samuel y Mila, James y Sophia se acercan para abrazarla y besarla, y desde la puerta de la cocina Mildred la saluda con una amplia sonrisa.

—Laura, ¿quieres descansar un poco? Preparé algo de comida para ti —dice Mildred, con voz suave.

—Gracias, Mildred. Me vendrá bien compartir la mesa con toda la familia antes de apoderarme de la cama por varios días seguidos —responde Laura, sintiendo que el cansancio es soportable ante el cariño familiar.

Se sientan todos juntos en la sala, compartiendo una comida reconfortante. Laura cuenta algunas experiencias recién vividas, tratando de no profundizar demasiado en los aspectos más oscuros de lo que estaba por suceder.

Después de la cena, Greg y Laura se retiran a su habitación. Greg la abraza con ternura, y Laura siente una paz anhelada.

—Estamos juntos ahora, Laura. Todo ha terminado —le susurra Greg al oído.

—Lo sé. Gracias por estar a mi lado —responde Laura, cerrando los ojos y dejándose llevar por el sueño.

Capítulo 52

Laura se despierta. Está sola y no tiene idea de la hora, pero la sábana a su lado está fría. Se incorpora para mirar la hora en su smartphone y no lo encuentra sobre la mesa de noche; Greg se lo ha llevado fuera del cuarto para que nada la despierte.

Vuelve a recostarse. Es cierto, hoy supuestamente es el primer día de unas merecidas vacaciones. Se levanta, va al baño y, antes de cepillarse los dientes, se apoya en el lavabo y se observa en el espejo. Su cabello ya tiene algunas canas; merece un toque cariñoso. Su cara también está pidiendo una limpieza profunda. Bienvenida al mundo normal, al mundo donde las mujeres visitan a la manicurista y al peluquero. Al mundo donde hoy se incorpora Laura Trend.

Laura corre las cortinas opacas que le descubren un día radiante. Observa el jardín y las casas vecinas más allá. A partir de hoy se incorpora a este nuevo mundo.

Laura se queda unos minutos mirando el jardín, mientras la luz del sol comienza a llenar la habitación con una calidez suave y tranquilizadora. Se siente algo perdida; la rutina cotidiana es una especie de territorio desconocido. La imagen de las casas vecinas le recuerda que, a partir de ahora, su vida va a estar marcada por una serie de cambios significativos. Ya no se enfrentará a hackers ni a invasores cibernéticos, sino a los desafíos más mundanos de la vida familiar y la integración en una nueva comunidad.

Se da una rápida ducha; el agua caliente ayuda a despejar sus pensamientos mientras repasa mentalmente su lista de tareas para el día. Aunque hay una sensación de liberación al dejar atrás su vida profesional intensa, se despierta una pequeña angustia sobre cómo encajar en esta nueva etapa.

Laura elige un conjunto cómodo y elegante para su primer día como Laura Trend, el nombre que adoptará en su nueva vida como esposa y madre en Londres. Greg no tiene problema con que mantenga el apellido del padre de sus hijos, porque lo comparte con ellos y porque así creó su imagen profesional. Laura Trend es ya una marca dentro del mundo de la seguridad cibernética.

Tras vestirse, se dirige a la cocina, donde el aroma del café recién hecho y el pan tostado llena el aire. Greg está en la cocina preparando el desayuno para ella. Le sonríe al verla, y sus ojos brillan con una mezcla de amor y admiración.

—Buenos días, amor —la saluda Greg, ofreciéndole un beso en los labios—. Pensé en dejarte dormir un poco más. Es tu primer día de vacaciones.

—Gracias, Greg —responde Laura mientras se sienta en la mesa—. Me siento un poco desorientada, pero estoy lista para comenzar. ¿No fuiste a tu oficina? ¿Qué tenemos para el desayuno?

—Tus favoritos: tostadas con mermelada y café —se acerca Greg, sirviéndole una taza—. Hoy, podemos aprovechar para salir y explorar un poco la ciudad si quieres.

Laura toma un sorbo de café y mira a Greg con una mezcla de gratitud y ternura.

—Eso suena genial. Me vendría bien conocer un poco más de Londres y, especialmente, de Chiswick. Me siento como si todavía estuviera en una película.

—Ninguno de nosotros tuvimos tiempo para vivir esta nueva realidad —agrega Greg, riendo suavemente—. Todos recibimos un aluvión de eventos.

El desayuno transcurre en una conversación ligera sobre los planes del día y los detalles logísticos. Laura trata de sacar de su mente los flashes del terror vivido en los últimos días. Greg habla con entusiasmo sobre los lugares que quiere mostrarle, y Laura se deja llevar por su optimismo. Al terminar, Greg recoge la mesa, busca las chaquetas y la invita a comenzar con un pequeño paseo por el vecindario. Al salir, Laura toma la mano de Greg; se siente emocionada. Londres es una ciudad vibrante, y cada rincón promete el descubrimiento de una nueva aventura.

La atmósfera de las calles, con sus tiendas y cafés acogedores, la envuelve en una promesa de vida que solo era un sueño. Observa un salón de belleza cercano que parece tener un ambiente acogedor y profesional. Decide para sí que volverá allí para un cambio de look, una buena forma de marcar el comienzo de esta nueva etapa en su vida. Se está llenando de una nueva energía. Es el primer día de sus vacaciones, pero también el primer día de una nueva vida. Está lista para abrazar todas las experiencias y sorpresas que Londres le tiene reservadas.

Epílogo

Laura corre a abrir la puerta; sabe quién está del otro lado y se ha preparado para las noticias que traen.

Henry Ward la saluda con una sonrisa y se adelanta atravesando el portal con la mano extendida. Laura se la estrecha y, sin soltarlo, lo jala hacia adentro.

—Ward, estoy recibiéndolo con sentimientos encontrados. El hecho de que no me haya adelantado nada me tiene muy estresada. Por favor, pase y tomemos asiento en la sala. Un momento, por favor, ya nos van a traer el té.

Laura asoma la cabeza por la puerta de la cocina y le pide a Mildred que, por favor, traiga la bandeja que dejó lista sobre la isla.

—Estaba por ofrecerle café, pero Mildred me recordó las costumbres locales. Todavía estoy en periodo de entrenamiento —y una sonrisa pícara acompaña este último comentario.

—Laura, me imaginé, y lo estoy corroborando, que está nerviosa, así que vamos a desarmar esas emociones. En este sobre están los documentos que atestiguan que ha sido exonerada de todas las acusaciones. La investigación judicial ha concluido que las denuncias en su contra eran infundadas y, por lo tanto, no hay base legal para continuar con ningún procedimiento judicial. Esto significa que su nombre ha sido limpiado de cualquier sospecha y que no enfrentará más acciones legales relacionadas con este asunto.

Las lágrimas comienzan a rodar por la cara de Laura, y su abogado defensor del departamento de AGDC le toma ambas manos y le da el apoyo necesario para devolverle la tranquilidad.

—Laura, aún no he terminado, y creo que después de lo que debo agregar podremos saltar el té y celebrar con un gin tonic.

Laura lo mira con los ojos muy abiertos, asombrada y expectante.

—¿Qué más, Ward? ¿Hay más?

—Sí, lo hay. Ante todo, quiero informarle que las tensiones de los últimos meses se cobraron una víctima dentro del cuadro operativo de AGDC, y Francisco Ramírez me pidió que le comentara que Takeshi Nakamura fue encontrado sin vida en su residencia.

Laura lo mira a los ojos, sabe que él conoce las razones, pero ninguno de los dos hace más referencia al tema.

—Y hay más, Laura. AGDC hizo una presentación ante las autoridades del Ministerio del Interior explicando sus últimas actuaciones y la importancia de que alguien como usted siga su labor en el Reino Unido. La unidad responsable de los asuntos de inmigración y permisos de trabajo, la UK Visas and Immigration (UKVI), ha emitido una autorización inmediata para regularizar su situación en el país. Felicitaciones, es un placer recibirla en el Reino Unido con todos los derechos migratorios, a usted y a sus hijos.

Laura lo abraza emocionada, mientras Ward se queda estático e incómodo por esas expresiones de alegría. Laura se da cuenta de que este súbdito inglés no está acostumbrado a la efusividad latina.

—¡Ya vuelvo con el gin tonic, hay mucho para celebrar! ¡Gracias, Ward!

Tres semanas más tarde, la familia se reúne en el Nash Conservatory de los Jardines Kew para una boda íntima.

Dentro de la estructura de hierro forjado y con amplios ventanales de cristal que permiten la entrada de abundante luz natural y, a su vez, ofrecen las espectaculares vistas de los maravillosos y bien cuidados jardines, los invitados son agasajados por los más jóvenes, quienes han puesto todo su empeño en una ceremonia elegante y romántica.

Mila y Samuel son los anfitriones especiales de sus cuatro abuelos y se preocupan de que se sientan cómodos e integrados a pesar de las barreras del idioma.

Greg y Laura lucen radiantes, felices y agradecidos con sus hijos, que han trabajado arduamente en la organización, y con los invitados, incluyendo a Oriana, quienes han venido a ser testigos de la consumación de esta larga relación.

El registrador civil del distrito de Richmond upon Thames oficia la boda, mientras los seis integrantes de la familia Whitmore-Trend se hallan parados frente a él. Cuando el registrador autoriza el beso a la novia, los cuatro hijos se abalanzan para consumar el abrazo familiar.

FIN

Títulos anteriores de la autora

Destinos Entrelazados

Entwined Fates

Jaque a la Reina

Sobrevivir a la Vida

Encuentros Casuales

Casual Encounters

Printed in Great Britain
by Amazon